Sommaire

Pierre Corneille

Le Menteur

Dossier et notes réalisés par
Geneviève Winter

Lecture d'image par
Alain Jaubert

Geneviève Winter, agrégée de lettres classiques, professeur en classes préparatoires, puis inspectrice pédagogique régionale, a publié plusieurs ouvrages sur les programmes des classes préparatoires et dirigé une collection de manuels de littérature pour les classes de français au lycée. Dans La bibliothèque Gallimard, elle a accompagné la lecture de *La chute de cheval* de Jérôme Garcin.

Alain Jaubert est écrivain et réalisateur. Après avoir été enseignant dans des écoles d'art et journaliste, il est devenu aussi documentariste. Il est l'auteur de nombreux portraits d'écrivains ou de peintres contemporains pour la télévision. Il est également l'auteur-réalisateur de *Palettes*, une série de films diffusée depuis 1990 sur la chaîne Arte et consacrée à la lecture de grands tableaux de l'histoire de la peinture.

Couverture : Johannes Vermeer, *La Liseuse à la fenêtre*. Gemäldegalerie Alte Meister, Dresde. Photo © Staatliche Kunstsammlungen Dresden/Bridgeman Giraudon.

Le Menteur

Comédie

Imprimé à Rouen, et se vend à Paris
Chez Antoine de Sommaville, en la galerie des
Merciers, à l'Écu de France
Et Augustin Courbé, en la même galerie, à la Palme,
Au Palais.

M. DC. XLIV
AVEC PRIVILÈGE DU ROI

Épître

Monsieur,

Je vous présente une pièce de théâtre d'un style si éloigné de ma dernière, qu'on aura de la peine à croire qu'elles soient parties toutes deux de la même main, dans le même hiver. Aussi les raisons qui m'ont obligé à y travailler ont été bien différentes. J'ai fait *Pompée* pour satisfaire à ceux qui ne trouvaient pas les vers de *Polyeucte* si puissants que ceux de *Cinna*, et leur montrer que j'en saurais bien retrouver la pompe, quand le sujet le pourrait souffrir ; j'ai fait *Le Menteur* pour contenter les souhaits de beaucoup d'autres, qui suivant l'humeur des Français aiment le changement et, après tant de poèmes graves dont nos meilleures plumes ont enrichi la scène, m'ont demandé quelque chose de plus enjoué qui ne servît qu'à les divertir. Dans le premier j'ai voulu faire un essai de ce que pouvait la majesté du raisonnement et la force des vers dénués de l'agrément du sujet ; dans celui-ci j'ai voulu tenter ce que pourrait l'agrément du sujet dénué de la force des vers. Et d'ailleurs étant obligé au genre comique de ma première réputation, je ne pouvais l'abandonner tout à fait sans quelque espèce d'ingratitude. Il est vrai que, comme alors que je me hasardai à le quitter, je n'osai me fier à mes seules forces, et que pour m'élever à la dignité du tragique, je pris l'appui du grand Sénèque, à qui j'empruntai tout ce qu'il avait donné de rare à sa *Médée* : ainsi quand je me suis résolu de repasser du héroïque au naïf, je n'ai osé descendre de si haut sans m'assurer d'un guide, et me suis laissé conduire au fameux Lope de Vega, de peur de m'égarer dans les détours de tant d'intriques que fait notre Menteur. En un mot, ce n'est ici qu'une copie d'un excellent original qu'il a mis au jour sous le titre de *La Verdad sospechosa*, et me fiant sur notre Horace qui donne liberté de tout oser aux poètes ainsi qu'aux peintres, j'ai cru que nonobstant la guerre des deux couronnes, il m'était permis de trafiquer en Espagne. Si cette sorte de commerce était un crime, il y a longtemps que je serais coupable, je ne dis pas seulement pour *Le Cid*, où je me suis aidé de dom Guilhem de Castro, mais aussi pour *Médée* dont je viens de parler, et pour *Pompée* même, où pensant me fortifier du secours de deux Latins, j'ai pris celui de deux Espagnols, Sénèque et Lucain, étant tous deux de Cordoue. Ceux qui ne voudront pas me pardonner cette intelligence avec nos ennemis, approuveront du moins que je pille chez eux, et soit qu'on fasse passer ceci pour un larcin, ou pour un emprunt, je m'en suis trouvé si bien, que je n'ai pas envie que ce soit le dernier que je ferai chez eux. Je crois que vous en serez d'avis et ne m'en estimerez pas moins.

Je suis,

Monsieur,

Votre très humble serviteur,

CORNEILLE.

Au lecteur

Bien que cette comédie et celle qui la suit soient toutes deux de l'invention de Lope de Vega, je ne vous les donne point dans le même ordre que je vous ai donné *Le Cid* et *Pompée*, dont en l'un vous avez vu les vers espagnols, et en l'autre les latins, que j'ai traduits ou imités de Guilhem de Castro et de Lucain. Ce n'est pas que je n'aie ici emprunté beaucoup de choses de cet admirable original, mais comme j'ai entièrement dépaysé les sujets pour les habiller à la française, vous trouveriez si peu de rapport entre l'Espagnol et le Français, qu'au lieu de satisfaction vous n'en recevriez que de l'importunité.

Par exemple, tout ce que je fais conter à notre Menteur des guerres d'Allemagne où il se vante d'avoir été, l'Espagnol le lui fait dire du Pérou et des Indes, dont il fait le nouveau revenu ; et ainsi de la plupart des autres incidents, qui bien qu'ils soient imités de l'original, n'ont presque point de ressemblance avec lui pour les pensées, ni pour les termes qui les expriment. Je me contenterai donc de vous avouer que les sujets sont entièrement de lui, comme vous les trouverez dans la vingt et deuxième partie de ses comédies. Pour le reste, j'en ai pris tout ce qui s'est pu accommoder à notre usage et s'il m'est permis de dire mon sentiment touchant une chose où j'ai si peu de part, je vous avouerai en même temps que l'invention de celle-ci me charme tellement, que je ne trouve rien à mon gré qui lui soit comparable en ce genre, ni parmi les Anciens, ni parmi les Modernes. Elle est toute spirituelle depuis le commencement jusqu'à la fin, et les incidents si justes et si gracieux, qu'il faut être à mon avis de bien mauvaise humeur pour n'en approuver pas la conduite, et n'en aimer pas la représentation.

Je me défierais peut-être de l'estime extraordinaire que j'ai pour ce poème, si je n'y étais confirmé par celle qu'en a faite un des premiers hommes de ce siècle, et qui non seulement est le protecteur des savantes Muses dans la Hollande, mais fait voir encore par son propre exemple, que les grâces de la poésie ne sont pas incompatibles avec les plus hauts emplois de la politique, et les plus nobles fonctions d'un homme d'État. Je parle de M. de Zuylichem, secrétaire des commandements de Monseigneur le prince d'Orange. C'est lui que MM. Heinsius et Balzac ont pris comme pour arbitre de leur fameuse querelle, puisqu'ils lui ont adressé l'un et l'autre leurs doctes dissertations, et qui n'a pas dédaigné de montrer au public l'état qu'il fait de cette comédie par deux épigrammes, l'un français et l'autre latin, qu'il a mis au-devant de l'impression qu'en ont faite les Elzeviers, à Leyden. Je vous les donne ici d'autant plus volontiers, que n'ayant pas l'honneur d'être connu de lui, son témoignage ne peut être suspect, et qu'on n'aura pas lieu de m'accuser de beaucoup de vanité pour en avoir fait parade, puisque toute la gloire qu'il m'y donne doit être attribuée au grand Lope de Vega, que peut-être il ne connaissait pas pour le premier auteur de cette merveille de théâtre.

IN PRAESTANTISSIMI POETAE GALLICI CORNELII, COMOEDIAM, QUAE INSCRIBITUR

MENDAX

Gravi cothurno torvus, orchestra truci
Dudum cruentus, Galliae justus stupor,
Audivit et vatum decus Cornelius.
Laudem poetae num mereret Comici
Pari nitore et elegantia, fuit
Qui disputaret, et negarunt inscii ;
Et mos gerendus insciis semel fuit.
Et, ecce, gessit, mentiendi gratia
Facetiisque, quas Terentius, pater
Amoenitatum, quas Menander, quas merum
Nectar Deorum Plautus et mortalium,
Si saeculo reddantur, agnoscant suas,
Et quas negare non graventur non suas.
Tandem Poeta est : fraude, fuco, fabula,
Mendace scena vindicavit se sibi.
Cui Stagirae venit in mentem, putas,
Quis qua praeivit supputator Algebra,
Quis cogitavit illud Euclides prior,
Probare rem verissimam mendacio ?

CONSTANTER, 1645.

À M. CORNEILLE
sur sa comédie *Le Menteur*

Eh bien ! ce beau *Menteur*, cette pièce fameuse,
Qui étonne le Rhin, et fait rougir la Meuse,
Et le Tage et le Pô, et le Tibre romain,
De n'avoir rien produit d'égal à cette main,
À ce Plaute rené, à ce nouveau Térence,

La trouve-t-on si loin ou de l'indifférence
Ou du juste mépris des savants d'aujourd'hui ?
Je tiens, tout au rebours, qu'elle a besoin d'appui,
De grâce, de pitié, de faveur affétée,
D'extrême charité, de louange empruntée.
Elle est plate, elle est fade, elle manque de sel,
De pointe et de vigueur ; et n'y a carrousel
Où la rage et le vin n'enfantent des Corneilles
Capables de fournir de plus fortes merveilles.
Qu'ai-je dit ? Ah ! Corneille, aime mon repentir,
Ton excellent *Menteur* m'a porté à mentir.
Il m'a rendu le faux si doux et si aimable,
Que, sans m'en aviser, j'ai vu le véritable
Ruiné de crédit, et ai cru constamment
N'y avoir plus d'honneur qu'à mentir vaillamment.
Après tout, le moyen de s'en pouvoir dédire ?
À moins que d'en mentir je n'en pouvais rien dire.
La plus haute pensée au bas de sa valeur
Devenait injustice et injure à l'auteur.
Qu'importe donc qu'on mente, ou que d'un faible éloge
À toi et ton *Menteur* faussement on déroge ?
Qu'importe que les Dieux se trouvent irrités
De mensonges, ou bien de fausses vérités ?

CONSTANTER.

Examen

Cette pièce est en partie traduite, en partie imitée de l'espagnol. Le sujet m'en semble si spirituel et si bien tourné, que j'ai dit souvent que je voudrais avoir donné les deux plus belles que j'aie faites, et qu'il fût de mon invention. On l'a attribué au fameux Lope de Vega, mais il m'est tombé depuis peu entre les mains un volume de don Juan d'Alarcón, où il prétend que cette comédie est à lui, et se plaint des imprimeurs qui l'ont fait courir sous le nom d'un autre. Si c'est son bien, je n'empêche pas qu'il ne s'en ressaisisse. De quelque main que parte cette comédie, il est constant qu'elle est très ingénieuse, et je n'ai rien vu dans cette langue qui m'ait satisfait davantage. J'ai tâché de la réduire à notre usage, et dans nos règles; mais il m'a fallu forcer mon aversion pour les *a parte*, dont je n'aurais pu la purger sans lui faire perdre une bonne partie de ses beautés. Je les ai faits les plus courts que j'ai pu, et je me les suis permis rarement, sans laisser deux acteurs ensemble, qui s'entretiennent tout bas, cependant que d'autres disent ce que ceux-là ne doivent pas écouter. Cette duplicité d'action particulière ne rompt point l'unité de la principale, mais elle gêne un peu l'attention de l'auditeur, qui ne sait à laquelle s'attacher, et qui se trouve obligé de séparer aux deux ce qu'il est accoutumé de donner à une. L'unité de lieu s'y trouve en ce que tout s'y passe dans Paris, mais le premier acte est dans les Tuileries, et le reste à la Place Royale. Celle de jour n'y est pas forcée pourvu qu'on lui laisse les vingt et quatre heures entières. Quant à celle d'action, je ne sais s'il n'y a point quelque chose à dire en ce que Dorante aime Clarice dans toute la pièce, et épouse Lucrèce à la fin, qui par là ne répond pas à la Protase. L'Auteur espagnol lui donne ainsi le change pour punition de ses menteries, et le réduit à épouser par force cette Lucrèce qu'il n'aime point. Comme il se méprend toujours au nom, et croit que Clarice porte celui-là, il lui présente la main quand on lui a accordé l'autre, et dit hautement, quand on l'avertit de son erreur, que s'il s'est trompé au nom, il ne se trompe point à la personne. Sur quoi le père de Lucrèce le menace de le tuer, s'il n'épouse sa fille après l'avoir demandée et obtenue, et le sien propre lui fait la même menace. Pour moi, j'ai trouvé cette manière de finir un peu dure, et cru qu'un mariage moins violenté serait plus au goût de notre auditoire. C'est ce qui m'a obligé à lui donner une pente vers la personne de Lucrèce au cinquième acte, afin qu'après qu'il a reconnu sa méprise aux noms, il fasse de nécessité vertu de meilleure grâce, et que la comédie se termine avec pleine tranquillité de tous côtés.

ACTEURS

GÉRONTE, *père de Dorante.*
DORANTE, *fils de Géronte.*
ALCIPPE, *ami de Dorante et amant de Clarice.*
PHILISTE, *ami de Dorante et d'Alcippe.*
CLARICE, *maîtresse d'Alcippe.*
LUCRÈCE, *amie de Clarice.*
ISABELLE, *suivante de Clarice.*
SABINE, *femme de chambre de Lucrèce.*
CLITON, *valet de Dorante.*
LYCAS, *valet d'Alcippe.*

La scène est à Paris.

Acte I

Scène I

DORANTE, CLITON

DORANTE

À la fin j'ai quitté la robe[1] pour l'épée[2],
L'attente où j'ai vécu n'a point été trompée,
Mon père a consenti que je suive mon choix,
Et j'ai fait banqueroute à[3] ce fatras de Lois.
5 Mais puisque nous voici dedans les Tuileries,
Le pays du beau monde, et des galanteries,
Dis-moi, me trouves-tu bien fait en Cavalier[4] ?

---

1. À la fois métonymie et singulier collectif, le terme désigne les métiers de justice, charges achetées qui pouvaient déboucher sur un titre de noblesse.

2. Selon le même principe, la noblesse d'épée désigne la noblesse de sang d'origine féodale qui se met au-dessus de celle de robe. L'antithèse contenue dans ce premier vers situe Dorante comme un personnage de qualité, de la veine héroïque.

3. Échapper à. *Idem* vers 1017.

4. Gentilhomme qui porte l'épée ; se dit aussi d'un galant qui courtise, qui mène une dame.

Ne vois-tu rien en moi qui sente l'écolier[1] ?
Comme il est malaisé qu'aux Royaumes du Code
10 On apprenne à se faire un visage à la mode,
J'ai lieu d'appréhender…

CLITON

Ne craignez rien pour vous,
Vous ferez en une heure ici mille jaloux,
Ce visage et ce port n'ont point l'air de l'École,
Et jamais comme vous on ne peignit Bartole[2].
15 Je prévois du malheur pour beaucoup de maris :
Mais que vous semble encor maintenant de Paris ?

DORANTE

J'en trouve l'air bien doux, et cette loi bien rude
Qui m'en avait banni sous prétexte d'étude.
Toi qui sais les moyens de s'y bien divertir,
20 Ayant eu le bonheur de n'en jamais sortir,
Dis-moi comme en ce lieu l'on gouverne les Dames.

CLITON

C'est là le plus beau soin qui vienne aux belles âmes
(Disent les beaux esprits), mais sans faire le fin,
Vous avez l'appétit ouvert de bon matin.
25 D'hier au soir seulement vous êtes dans la ville,
Et vous vous ennuyez déjà d'être inutile !
Votre humeur sans emploi ne peut passer un jour,
Et déjà vous cherchez à pratiquer l'amour !
Je suis auprès de vous en fort bonne posture

---

1. Le terme « écolier » désigne un étudiant (l'école désignant alors le collège ou l'université).
2. Célèbre juriste italien, restaurateur du droit romain.

30 De passer pour un homme à donner tablature[1],
J'ai la taille d'un maître en ce noble métier,
Et je suis tout au moins l'Intendant du quartier.

DORANTE

Ne t'effarouche point, je ne cherche, à vrai dire,
Que quelque connaissance où l'on se plaise à rire,
35 Qu'on puisse visiter par divertissement,
Où l'on puisse en douceur couler quelque moment.
Pour me connaître mal, tu prends mon sens à gauche.

CLITON

J'entends, vous n'êtes pas un homme de débauche,
Et tenez celles-là trop indignes de vous
40 Que le son d'un écu rend traitables à tous.
Aussi que vous cherchiez de ces sages coquettes
Où peuvent tous venants débiter leurs fleurettes,
Mais qui ne font l'amour que de babil, et d'yeux.
Vous êtes d'encolure[2] à vouloir un peu mieux.
45 Loin de passer son temps, chacun le perd chez elles,
Et le jeu, comme on dit, n'en vaut pas les chandelles.
Mais ce serait pour vous un bonheur sans égal
Que ces femmes de bien qui se gouvernent mal,
Et de qui la vertu, quand on leur fait service,
50 N'est pas incompatible avec un peu de vice.
Vous en verrez ici de toutes les façons.
Ne me demandez point cependant des leçons,

1. Notes ou marques qu'on met sur du papier réglé pour apprendre à jouer. Proverbialement : « je lui ai donné de la tablature », pour dire : « je lui ai donné une affaire fort difficile à résoudre, dont il aura bien de la peine à se démêler ».

2. Terme de manège qui désigne le cheval de la selle jusqu'aux épaules ; se dit des hommes pour désigner la mine, l'apparence.

Ou je me connais mal à voir votre visage,
Ou vous n'en êtes pas à votre apprentissage ;
55 Vos Lois ne réglaient pas si bien tous vos desseins
Que vous eussiez toujours un portefeuille aux mains.

DORANTE

À ne rien déguiser, Cliton, je te confesse
Qu'à Poitiers j'ai vécu comme vit la jeunesse,
J'étais en ces lieux-là de beaucoup de métiers :
60 Mais Paris après tout est bien loin de Poitiers.
Le climat différent veut une autre méthode,
Ce qu'on admire ailleurs est ici hors de mode,
La diverse façon de parler et d'agir
Donne aux nouveaux venus souvent de quoi rougir.
65 Chez les Provinciaux on prend ce qu'on rencontre,
Et là, faute de mieux, un sot passe à la montre[1] ;
Mais il faut à Paris bien d'autres qualités,
On ne s'éblouit point de ces fausses clartés,
Et tant d'honnêtes gens que l'on y voit ensemble
70 Font qu'on est mal reçu si l'on ne leur ressemble.

CLITON

Connaissez mieux Paris, puisque vous en parlez.
Paris est un grand lieu plein de marchands mêlés,
L'effet[2] n'y répond pas toujours à l'apparence[3],
On s'y laisse duper, autant qu'en lieu de France,
75 Et parmi tant d'esprits plus polis, et meilleurs,
Il y croît des badauds, autant, et plus qu'ailleurs.
Dans la confusion que ce grand monde apporte,

1. Ce qui est exhibé, notamment en vue d'être acheté.
2. Ce qui est produit par les causes agissantes, opposé ici moins à la cause qu'à l'apparence ; signifie aussi pratique, exécution.
3. Se dit de ce qui est opposé à la réalité et n'est que feint ou simulé.

Il y vient de tous lieux des gens de toute sorte,
Et dans toute la France il est fort peu d'endroits
80 Dont il n'ait le rebut aussi bien que le choix.
Comme on s'y connaît mal, chacun s'y fait de mise[1],
Et vaut communément autant comme il se prise[2],
De bien pires que vous s'y font assez valoir ;
Mais pour venir au point que vous voulez savoir,
85 Êtes-vous libéral[3] ?

DORANTE

Je ne suis point avare.

CLITON

C'est un secret d'amour et bien grand et bien rare,
Mais il faut de l'adresse à le bien débiter[4],
Autrement on s'y perd au lieu d'en profiter.
Tel donne à pleines mains qui n'oblige personne,
90 La façon de donner vaut mieux que ce qu'on donne :
L'un perd exprès au jeu son présent déguisé,
L'autre oublie un bijou qu'on aurait refusé ;
Un lourdaud libéral auprès d'une Maîtresse
Semble donner l'aumône alors qu'il fait largesse,
95 Et d'un tel contretemps il fait tout ce qu'il fait,
Que quand il tâche à plaire, il offense en effet.

---

1. Chacun agit de façon conforme aux usages en vue d'être intégré à un groupe social.

2. Vaut autant qu'il s'estime lui-même.

3. Est libéral celui qui a l'âme grande et noble et qui préfère l'honneur à tout autre intérêt. Désigne par extension quelqu'un de généreux, qui donne avec raison et jugement, en sorte qu'il ne soit ni prodigue ni avare. *Idem* vers 1099.

4. Vendre promptement et facilement la marchandise. On dit d'un homme qu'il débite bien quand il dit bien ce qu'il dit, qu'il récite agréablement, qu'il détient un grand nombre de contes et d'histoires.

DORANTE

Laissons là ces lourdauds contre qui tu déclames,
Et me dis seulement si tu connais ces Dames.

CLITON

Non, cette marchandise est de trop bon aloi,
100 Ce n'est point là gibier à des gens comme moi.
Il est aisé pourtant d'en savoir des Nouvelles,
Et bientôt leur Cocher m'en dira des plus belles.

DORANTE

Penses-tu qu'il t'en die ?

CLITON

Assez pour en mourir,
Puisque c'est un Cocher, il aime à discourir.

Scène 2

DORANTE, CLARICE, LUCRÈCE, ISABELLE

CLARICE, *faisant un faux pas, et comme se laissant choir :*

105 Ay.

DORANTE, *lui donnant la main :*

Ce malheur me rend un favorable office,
Puisqu'il me donne lieu de ce petit service,
Et c'est pour moi, Madame, un bonheur souverain
Que cette occasion de vous donner la main.

CLARICE

L'occasion ici fort peu vous favorise,
110 Et ce faible bonheur ne vaut pas qu'on le prise.

DORANTE

Il est vrai, je le dois tout entier au hasard,
Mes soins, ni vos désirs n'y prennent point de part,
Et sa douceur mêlée avec cette amertume
Ne me rend pas le Sort plus doux que de coutume,
115 Puisqu'enfin ce bonheur que j'ai si fort prisé
À mon peu de mérite eût été refusé.

CLARICE

S'il a perdu si tôt ce qui pouvait vous plaire,
Je veux être à mon tour d'un sentiment contraire,
Et crois qu'on doit trouver plus de félicité
120 À posséder un bien, sans l'avoir mérité.
J'estime plus un don qu'une reconnaissance,
Qui nous donne fait plus que qui nous récompense,
Et le plus grand bonheur au mérite rendu
Ne fait que nous payer de ce qui nous est dû.
125 La faveur qu'on mérite est toujours achetée,
L'heur[1] en croît d'autant plus, moins elle est méritée,
Et le bien où sans peine elle fait parvenir,
Par le mérite à peine aurait pu s'obtenir.

DORANTE

Aussi ne croyez pas que jamais je prétende
130 Obtenir par mérite une faveur si grande,
J'en sais mieux le haut prix, et mon cœur amoureux
Moins il s'en connaît digne, et plus s'en tient heureux.

---

1. Bonne chance, fortune. Un homme a plus d'heur que de sagesse.

On me l'a pu toujours dénier sans injure,
Et si la recevant ce cœur même en murmure,
135 Il se plaint du malheur de ses félicités,
Que le hasard lui donne, et non vos volontés.
Un Amant a fort peu de quoi se satisfaire
Des faveurs qu'on lui fait sans dessein de les faire ;
Comme l'intention seule en forme le prix,
140 Assez souvent sans elle on les joint au mépris.
Jugez par là quel bien peut recevoir ma flamme
D'une main qu'on me donne, en me refusant l'âme,
Je la tiens, je la touche, et je la touche en vain,
Si je ne puis toucher le cœur avec la main.

CLARICE

145 Cette flamme, Monsieur, est pour moi fort nouvelle,
Puisque j'en viens de voir la première étincelle.
Si votre cœur ainsi s'embrase en un moment,
Le mien ne sut jamais brûler si promptement,
Mais peut-être, à présent que j'en suis avertie,
150 Le temps donnera place à plus de sympathie.
Confessez cependant qu'à tort vous murmurez
Du mépris de vos feux, que j'avais ignorés.

Scène 3

DORANTE, CLARICE, LUCRÈCE,
ISABELLE, CLITON

DORANTE

C'est l'effet du malheur qui partout m'accompagne :
Depuis que j'ai quitté les guerres d'Allemagne[1],
155 C'est-à-dire, du moins depuis un an entier,
Je suis et jour et nuit dedans votre quartier,
Je vous cherche en tous lieux, au bal, aux promenades,
Vous n'avez que de moi reçu des sérénades,
Et je n'ai pu trouver que cette occasion
160 À vous entretenir de mon affection.

CLARICE

Quoi, vous avez donc vu l'Allemagne, et la guerre ?

DORANTE

Je m'y suis fait quatre ans craindre comme un tonnerre.

CLITON

Que lui va-t-il conter ?

DORANTE

Et durant ces quatre ans
Il ne s'est fait combats, ni sièges importants,
165 Nos armes n'ont jamais remporté de victoire,

---

1. Il s'agit de la guerre de Trente Ans, qui dure depuis 1618 ; choisie par Corneille pour ancrer la fable dans un certain réalisme.

Où cette main n'ait eu bonne part à la gloire,
Et même la Gazette a souvent divulgué...

CLITON, *le tirant par la basque :*

Savez-vous bien, Monsieur, que vous extravaguez ?

DORANTE

Tais-toi.

CLITON

Vous rêvez, dis-je, ou...

DORANTE

Tais-toi, misérable.

CLITON

170 Vous venez de Poitiers, ou je me donne au Diable,
Vous en revîntes hier.

DORANTE, *à Cliton :*

Te tairas-tu, maraud ?

À Clarice.

Mon nom dans nos succès s'était mis assez haut
Pour faire quelque bruit, sans beaucoup d'injustice,
Et je suivrais encore un si noble exercice,
175 N'était que l'autre hiver faisant ici ma Cour
Je vous vis, et je fus retenu par l'amour.
Attaqué par vos yeux, je leur rendis les armes,
Je me fis prisonnier de tant d'aimables charmes,
Je leur livrai mon âme, et ce cœur généreux
180 Dès ce premier moment oublia tout pour eux.
Vaincre dans les combats, commander dans l'Armée,
De mille exploits fameux enfler ma renommée,

Et tous ces nobles soins qui m'avaient su ravir,
Cédèrent aussitôt à ceux de vous servir.

ISABELLE, *à Clarice, tout bas :*

185 Madame, Alcippe vient, il aura de l'ombrage.

CLARICE

Nous en saurons, Monsieur, quelque jour davantage,
Adieu.

DORANTE

Quoi, me priver si tôt de tout mon bien !

CLARICE

Nous n'avons pas loisir d'un plus long entretien,
Et, malgré la douceur de me voir cajolée,
190 Il faut que nous fassions seules deux tours d'allée.

DORANTE

Cependant accordez à mes vœux innocents
La licence [1] d'aimer des charmes si puissants.

CLARICE

Un cœur qui veut aimer, et qui sait comme on aime,
N'en demande jamais licence qu'à soi-même.

---

1. Désigne aussi bien les permissions que l'abus de ces permissions.

Scène 4

DORANTE, CLITON

DORANTE

195 Suis-les, Cliton.

CLITON

J'en sais ce qu'on en peut savoir.
La langue du Cocher a fait tout son devoir.
« La plus belle des deux, dit-il, est ma Maîtresse[1],
Elle loge à la Place, et son nom est Lucrèce. »

DORANTE

Quelle Place ?

CLITON

Royale, et l'autre y loge aussi,
200 Il n'en sait pas le nom, mais j'en prendrai souci.

DORANTE

Ne te mets point, Cliton, en peine de l'apprendre,
Celle qui m'a parlé, celle qui m'a su prendre,
C'est Lucrèce, ce l'est sans aucun contredit,
Sa beauté m'en assure, et mon cœur me le dit.

CLITON

205 Quoique mon sentiment doive respect au vôtre,
La plus belle des deux, je crois que ce soit l'autre.

---

1. Jeune fille qu'on recherche en vue d'un mariage, une « accordée ». Le terme n'a pas ici la connotation de femme qui se donne facilement ou qui se vend.

DORANTE

Quoi, celle qui s'est tue, et qui dans nos propos
N'a jamais eu l'esprit de mêler quatre mots ?

CLITON

Monsieur, quand une femme a le don de se taire,
210 Elle a des qualités au-dessus du vulgaire.
C'est un effort du Ciel qu'on a peine à trouver,
Sans un petit miracle il ne peut l'achever,
Et la Nature souffre extrême violence,
Lorsqu'il en fait d'humeur à garder le silence.
215 Pour moi, jamais l'amour n'inquiète mes nuits,
Et quand le cœur m'en dit, j'en prends par où je puis,
Mais naturellement femme qui se peut taire
A sur moi tel pouvoir, et tel droit de me plaire,
Qu'eût-elle en vrai magot[1] tout le corps fagoté,
220 Je lui voudrais donner le prix de la beauté.
C'est elle assurément qui s'appelle Lucrèce,
Cherchez un autre nom pour l'objet qui vous blesse[2],
Ce n'est point là le sien, celle qui n'a dit mot,
Monsieur, c'est la plus belle, ou je ne suis qu'un sot.

DORANTE

225 Je t'en crois sans jurer avec tes incartades[3] ;
Mais voici les plus chers de mes vieux camarades.
Ils semblent étonnés à voir leur action[4].

1. Gros singe.
2. Métaphore galante pour désigner la blessure faite par la flèche de Cupidon, l'éveil du désir amoureux.
3. Boutades.
4. Animation, véhémence.

Scène 5

DORANTE, ALCIPPE, PHILISTE, CLITON

PHILISTE, *à Alcippe* :

Quoi, sur l'eau la Musique, et la collation ?

ALCIPPE, *à Philiste* :

Oui, la collation, avecque la Musique.

PHILISTE, *à Alcippe* :

230 Hier au soir ?

ALCIPPE, *à Philiste* :

Hier au soir.

PHILISTE, *à Alcippe* :

Et belle ?

ALCIPPE, *à Philiste* :

Magnifique.

PHILISTE, *à Alcippe* :

Et par qui ?

ALCIPPE, *à Philiste* :

C'est de quoi je suis mal éclairci.

DORANTE, *les saluant* :

Que mon bonheur est grand de vous revoir ici !

ALCIPPE

Le mien est sans pareil, puisque je vous embrasse.

DORANTE

J'ai rompu vos discours d'assez mauvaise grâce,
235 Vous le pardonnerez à l'aise de vous voir.

PHILISTE

Avec nous de tout temps vous avez tout pouvoir.

DORANTE

Mais de quoi parliez-vous ?

ALCIPPE

D'une galanterie.

DORANTE

D'amour ?

ALCIPPE

Je le présume.

DORANTE

Achevez, je vous prie,
Et souffrez qu'à ce mot ma curiosité
240 Vous demande sa part de cette nouveauté.

ALCIPPE

On dit qu'on a donné Musique à quelque Dame.

DORANTE

Sur l'eau ?

ALCIPPE

Sur l'eau.

DORANTE

Souvent l'onde irrite la flamme.

PHILISTE

Quelquefois.

DORANTE

Et ce fut hier au soir ?

ALCIPPE

Hier au soir.

DORANTE

Dans l'ombre de la nuit le feu se fait mieux voir,
245 Le temps était bien pris. Cette Dame, elle est belle ?

ALCIPPE

Aux yeux de bien du monde elle passe pour telle.

DORANTE

Et la Musique ?

ALCIPPE

Assez, pour n'en rien dédaigner.

DORANTE

Quelque collation a pu l'accompagner ?

ALCIPPE

On le dit.

DORANTE

Fort superbe ?

ALCIPPE

Et fort bien ordonnée.

DORANTE

250 Et vous ne savez point celui qui l'a donnée ?

ALCIPPE

Vous en riez !

DORANTE

Je ris de vous voir étonné
D'un divertissement que je me suis donné.

ALCIPPE

Vous ?

DORANTE

Moi-même.

ALCIPPE

Et déjà vous avez fait Maîtresse ?

DORANTE

Si je n'en avais fait, j'aurais bien peu d'adresse,
255 Moi qui depuis un mois suis ici de retour.
Il est vrai que je sors fort peu souvent de jour.
De nuit *incognito* je rends quelques visites,
Ainsi...

CLITON, *à Dorante, à l'oreille :*

Vous ne savez, Monsieur, ce que vous dites.

DORANTE

Tais-toi, si jamais plus tu me viens avertir...

CLITON

260 J'enrage de me taire, et d'entendre mentir.

PHILISTE, *à Alcippe, tout bas:*

Voyez qu'heureusement dedans cette rencontre
Votre rival lui-même à vous-même se montre.

DORANTE, *revenant à eux:*

Comme à mes chers amis je vous veux tout conter.
J'avais pris cinq bateaux pour mieux tout ajuster.
265 Les quatre contenaient quatre chœurs de Musique
Capables de charmer le plus mélancolique:
Au premier violons, en l'autre luths et voix,
Des flûtes au troisième, au dernier des hautbois,
Qui tour à tour dans l'Air poussaient des harmonies
270 Dont on pouvait nommer les douceurs infinies.
Le cinquième était grand, tapissé tout exprès
De rameaux enlacés pour conserver le frais,
Dont chaque extrémité portait un doux mélange
De bouquets de Jasmin, de Grenade et d'Orange.
275 Je fis de ce bateau la Salle du festin;
Là je menai l'objet qui fait seul mon destin,
De cinq autres beautés la sienne fut suivie,
Et la collation fut aussitôt servie.
Je ne vous dirai point les différents apprêts,
280 Le nom de chaque plat, le rang de chaque mets;
Vous saurez seulement qu'en ce lieu de délices
On servit douze plats, et qu'on fit six services,
Cependant que les eaux, les rochers, et les airs,
Répondaient aux accents de nos quatre concerts.

285 Après qu'on eut mangé, mille et mille fusées
S'élançant vers les Cieux, ou droites, ou croisées,
Firent un nouveau jour, d'où tant de serpenteaux[1]
D'un déluge de flamme attaquèrent les eaux,
Qu'on crut que pour leur faire une plus rude guerre
290 Tout l'élément du feu tombait du Ciel en Terre.
Après ce passe-temps on dansa jusqu'au jour
Dont le Soleil jaloux avança le retour;
S'il eût pris notre avis, sa lumière importune
N'eût pas troublé si tôt ma petite fortune,
295 Mais n'étant pas d'humeur à suivre nos désirs,
Il sépara la troupe, et finit nos plaisirs.

ALCIPPE

Certes, vous avez grâce à conter ces merveilles,
Paris, tout grand qu'il est, en voit peu de pareilles.

DORANTE

J'avais été surpris, et l'objet de mes vœux
300 Ne m'avait, tout au plus, donné qu'une heure ou deux.

PHILISTE

Cependant l'ordre est rare, et la dépense belle.

DORANTE

Il s'est fallu passer à[2] cette bagatelle,
Alors que le temps presse, on n'a pas à choisir.

ALCIPPE

Adieu, nous vous verrons avec plus de loisir.

---

1. Volutes de feu d'artifice.
2. Il a fallu se limiter à...

DORANTE

305 Faites état de moi.

ALCIPPE, *à Philiste, en s'en allant :*

Je meurs de jalousie.

PHILISTE, *à Alcippe :*

Sans raison toutefois votre âme en est saisie,
Les signes du festin ne s'accordent pas bien.

ALCIPPE, *à Philiste :*

Le lieu s'accorde, et l'heure, et le reste n'est rien.

Scène 6

DORANTE, CLITON

CLITON

Monsieur, puis-je à présent parler sans vous déplaire ?

DORANTE

310 Je remets à ton choix de parler ou te taire,
Mais quand tu vois quelqu'un, ne fais plus l'insolent.

CLITON

Votre ordinaire est-il de rêver en parlant ?

DORANTE

Où me vois-tu rêver ?

CLITON

J'appelle rêveries,
Ce qu'en d'autres qu'un maître on nomme menteries,
315 Je parle avec respect.

DORANTE

Pauvre esprit !

CLITON

Je le perds
Quand je vous ois parler de guerre, et de concerts.
Vous voyez sans péril nos batailles dernières,
Et faites des festins qui ne vous coûtent guère.
Pourquoi depuis un an vous feindre de retour ?

DORANTE

320 J'en montre plus de flamme, et j'en fais mieux ma Cour.

CLITON

Qu'a de propre la guerre à montrer votre flamme ?

DORANTE

Ô le beau compliment à charmer une Dame,
De lui dire d'abord : « J'apporte à vos beautés
Un cœur nouveau venu des Universités,
325 Si vous avez besoin de Lois et de Rubriques[1],
Je sais le Code[2] entier avec les *Authentiques*[3],
Le *Digeste*[4] nouveau, le Vieux, l'*Infortiat*[5],

1. Terme de droit qui désigne les titres à l'encre rouge qui renvoient aux articles du Code.
2. Code de Justinien.
3. Compléments apportés par Accurse (cité vers 328).
4. Recueil de jurisprudence.
5. Deuxième partie du *Digeste*.

Ce qu'en a dit Jason, Balde, Accurse, Alciat[1]. »
Qu'un si riche discours nous rend considérables !
330 Qu'on amollit par là de cœurs inexorables !
Qu'un homme à Paragraphe[2] est un joli galant !
On s'introduit bien mieux à titre de vaillant,
Tout le secret ne gît qu'en un peu de grimace,
À mentir à propos, jurer de bonne grâce,
335 Étaler force mots qu'elles n'entendent pas,
Faire sonner Lamboy, Jean de Vert, et Galas[3],
Nommer quelques châteaux, de qui les noms barbares,
Plus ils blessent l'oreille, et plus leur semblent rares,
Avoir toujours en bouche angles, lignes, fossés,
340 Vedette, contrescarpe, et travaux avancés.
Sans ordre et sans raison, n'importe, on les étonne,
On leur fait admirer les bayes[4] qu'on leur donne,
Et tel à la faveur d'un semblable débit
Passe pour homme illustre, et se met en crédit.

CLITON

345 À qui vous veut ouïr vous en faites bien croire ;
Mais celle-ci bientôt peut savoir votre histoire.

DORANTE

J'aurai déjà gagné chez elle quelque accès,
Et loin d'en redouter un malheureux succès[5],
Si jamais un fâcheux nous nuit par sa présence,
350 Nous pourrons sous ces mots être d'intelligence.
Voilà traiter l'amour, Cliton, et comme il faut.

---

1. Juristes italiens des siècles précédents.
2. Article de loi.
3. Généraux allemands récemment faits prisonniers pendant la guerre de Trente Ans.
4. Vantardises.
5. Issue d'une affaire qui peut être heureuse ou malheureuse.

CLITON

À vous dire le vrai, je tombe de bien haut.
Mais parlons du festin. Urgande et Mélusine[1]
N'ont jamais sur-le-champ mieux fourni leur cuisine,
355 Vous allez au-delà de leurs enchantements ;
Vous seriez un grand maître à faire des Romans,
Ayant si bien en main le festin et la guerre,
Vos gens en moins de rien courraient toute la Terre,
Et ce serait pour vous des travaux fort légers
360 Que d'y mêler partout la pompe et les dangers.
Ces hautes fictions vous sont bien naturelles.

DORANTE

J'aime à braver ainsi les conteurs de Nouvelles,
Et sitôt que j'en vois quelqu'un s'imaginer
Que ce qu'il veut m'apprendre a de quoi m'étonner,
365 Je le sers aussitôt d'un conte imaginaire
Qui l'étonne lui-même, et le force à se taire.
Si tu pouvais savoir quel plaisir on a lors
De leur faire rentrer leurs Nouvelles au corps...

CLITON

Je le juge assez grand, mais enfin ces pratiques
370 Vous peuvent engager en de fâcheux intriques[2].

DORANTE

Nous nous en tirerons, mais tous ces vains discours
M'empêchent de chercher l'objet de mes amours,
Tâchons de le rejoindre, et sache qu'à me suivre
Je t'apprendrai bientôt d'autres façons de vivre.

FIN DU PREMIER ACTE

1. Personnages de fées dans les romans médiévaux.
2. Terme masculin, synonyme d'intrigue à l'époque.

Acte II

Scène I

GÉRONTE, CLARICE, ISABELLE

CLARICE

375 Je sais qu'il vaut beaucoup étant sorti de vous,
Mais, Monsieur, sans le voir accepter un époux,
Par quelque haut récit qu'on en soit conviée,
C'est grande avidité de se voir mariée.
D'ailleurs, en recevoir visite et compliment,
380 Et lui permettre accès en qualité d'Amant,
À moins qu'à vos projets un plein effet réponde,
Ce serait trop donner à discourir au Monde.
Trouvez donc un moyen de me le faire voir
Sans m'exposer au blâme, et manquer au devoir.

GÉRONTE

385 Oui, vous avez raison, belle et sage Clarice,
Ce que vous m'ordonnez est la même justice[1],

1. Est la justice même.

Et comme c'est à nous à subir votre loi,
Je reviens tout à l'heure, et Dorante avec moi.
Je le tiendrai longtemps dessous votre fenêtre,
390 Afin qu'avec loisir vous puissiez le connaître,
Examiner sa taille, et sa mine, et son air,
Et voir quel est l'époux que je vous veux donner.
Il vint hier de Poitiers, mais il sent peu l'École,
Et si l'on pouvait croire un père à sa parole,
395 Quelque écolier qu'il soit, je dirais qu'aujourd'hui
Peu de nos gens de Cour sont mieux taillés que lui.
Mais vous en jugerez après la voix publique,
Je cherche à l'arrêter[1], parce qu'il m'est unique,
Et je brûle surtout de le voir sous vos lois.

CLARICE

400 Vous m'honorez beaucoup d'un si glorieux choix,
Je l'attendrai, Monsieur, avec impatience,
Et je l'aime déjà sur cette confiance[2].

Scène 2

ISABELLE, CLARICE

ISABELLE

Ainsi vous le verrez, et sans vous engager.

CLARICE

Mais pour le voir ainsi qu'en pourrai-je juger ?
405 J'en verrai le dehors, la mine, l'apparence,

1. À l'installer, à l'établir.
2. Crédit apporté à la parole ou à la promesse de quelqu'un.

Mais du reste, Isabelle, où prendre l'assurance ?
Le dedans paraît mal en ces miroirs flatteurs,
Les visages souvent sont de doux imposteurs,
Que de défauts d'esprit se couvrent de leurs grâces !
410 Et que de beaux semblants cachent des âmes basses !
Les yeux en ce grand choix ont la première part,
Mais leur déférer tout, c'est tout mettre au hasard.
Qui veut vivre en repos ne doit pas leur déplaire,
Mais sans leur obéir, il doit les satisfaire,
415 En croire leur refus, et non pas leur aveu,
Et sur d'autres conseils laisser naître son feu.
Cette chaîne qui dure autant que notre vie,
Et qui devrait donner plus de peur que d'envie,
Si l'on n'y prend bien garde, attache assez souvent
420 Le contraire au contraire, et le mort au vivant ;
Et pour moi, puisqu'il faut qu'elle me donne un maître,
Avant de l'accepter, je voudrais le connaître,
Mais connaître dans l'âme.

ISABELLE

Eh bien, qu'il parle à vous.

CLARICE

Alcippe le sachant en deviendrait jaloux.

ISABELLE

425 Qu'importe qu'il le soit, si vous avez Dorante ?

CLARICE

Sa perte ne m'est pas encore indifférente,
Et l'accord de l'Hymen entre nous concerté,
Si son père venait, serait exécuté.
Depuis plus de deux ans il promet et diffère,
430 Tantôt c'est maladie, et tantôt quelque affaire,

Le chemin est mal sûr ou les jours sont trop courts,
Et le bonhomme enfin ne peut sortir de Tours.
Je prends tous ces délais pour une résistance,
Et ne suis pas d'humeur à mourir de constance.
435 Chaque moment d'attente ôte de notre prix[1],
Et fille qui vieillit tombe dans le mépris,
C'est un nom glorieux qui se garde avec honte[2],
Sa défaite[3] est fâcheuse à moins que d'être prompte,
Le temps n'est pas un Dieu qu'elle puisse braver,
440 Et son honneur se perd à le trop conserver.

ISABELLE

Ainsi vous quitteriez Alcippe pour un autre,
De qui l'humeur aurait de quoi plaire à la vôtre ?

CLARICE

Oui, je le quitterais, mais pour ce changement
Il me faudrait en main avoir un autre Amant,
445 Savoir qu'il me fût propre[4], et que son Hyménée
Dût bientôt à la sienne unir ma Destinée.
Mon humeur sans cela ne s'y résout pas bien,
Car Alcippe après tout vaut toujours mieux que rien ;
Son père peut venir, quelque longtemps qu'il tarde.

ISABELLE

450 Pour en venir à bout sans que rien s'y hasarde,
Lucrèce est votre amie, et peut beaucoup pour vous.

---

1. Valeur à la fois matérielle et sociale d'une jeune fille à marier.
2. Garder son nom de jeune fille au-delà de vingt-cinq ans signifie que l'on est « vieille fille », tare sociale à l'époque dans l'aristocratie et la bourgeoisie.
3. Perte du nom de jeune fille.
4. Approprié.

Elle n'a point d'Amants qui deviennent jaloux;
Qu'elle écrive à Dorante, et lui fasse paraître
Qu'elle veut cette nuit le voir par sa fenêtre.
455 Comme il est jeune encore, on l'y verra voler,
Et là sous ce faux nom vous pourrez lui parler,
Sans qu'Alcippe jamais en découvre l'adresse[1],
Ni que lui-même pense à d'autres, qu'à Lucrèce.

CLARICE

L'invention est belle, et Lucrèce aisément
460 Se résoudra pour moi d'écrire un compliment.
J'admire ton adresse à trouver cette ruse.

ISABELLE

Puis-je vous dire encor que si je ne m'abuse
Tantôt cet inconnu ne vous déplaisait pas?

CLARICE

Ah! bon Dieu! si Dorante avait autant d'appas,
465 Que d'Alcippe aisément il obtiendrait la place!

ISABELLE

Ne parlez point d'Alcippe, il vient.

CLARICE

Qu'il m'embarrasse!
Va pour moi chez Lucrèce, et lui dis mon projet,
Et tout ce qu'on peut dire en un pareil sujet.

1. Trait d'adresse, fourberie.

Scène 3

CLARICE, ALCIPPE

ALCIPPE

Ah, Clarice ! ah, Clarice ! inconstante, volage !

CLARICE

470 Aurait-il deviné déjà ce mariage ?
Alcippe, qu'avez-vous ? qui vous fait soupirer ?

ALCIPPE

Ce que j'ai, déloyale ? et peux-tu l'ignorer ?
Parle à ta conscience, elle devrait t'apprendre...

CLARICE

Parlez un peu plus bas, mon père va descendre.

ALCIPPE

475 Ton père va descendre, âme double et sans foi !
Confesse que tu n'as un père que pour moi.
La nuit, sur la rivière...

CLARICE

Eh bien, sur la rivière ?
La nuit ! quoi ? qu'est-ce enfin ?

ALCIPPE

Oui, la nuit tout entière.

CLARICE

Après ?

ALCIPPE

Quoi, sans rougir ?

CLARICE

Rougir ! à quel propos ?

ALCIPPE

480 Tu ne meurs pas de honte, entendant ces deux mots !

CLARICE

Mourir pour les entendre ! et qu'ont-ils de funeste ?

ALCIPPE

Tu peux donc les ouïr, et demander le reste ?
Ne saurais-tu rougir, si je ne te dis tout ?

CLARICE

Quoi, tout ?

ALCIPPE

Tes passe-temps de l'un à l'autre bout.

CLARICE

485 Je meure, en vos discours si je puis rien comprendre.

ALCIPPE

Quand je te veux parler, ton père va descendre,
Il t'en souvient alors, le tour est excellent :
Mais pour passer la nuit auprès de ton galant…

CLARICE

Alcippe, êtes-vous fol ?

ALCIPPE

Je n'ai plus lieu de l'être,

490 À présent que le Ciel me fait te mieux connaître.
Oui, pour passer la nuit en danses et festin,
Être avec ton galant du soir jusqu'au matin,
(Je ne parle que d'hier) tu n'as point lors de père.

CLARICE

Rêvez-vous ? raillez-vous ? et quel est ce mystère ?

ALCIPPE

495 Ce mystère est nouveau, mais non pas fort secret.
Choisis une autre fois un Amant plus discret,
Lui-même il m'a tout dit.

CLARICE

Qui, lui-même ?

ALCIPPE

Dorante.

CLARICE

Dorante !

ALCIPPE

Continue, et fais bien l'ignorante.

CLARICE

Si je le vis jamais, et si je le connoi...

ALCIPPE

500 Ne viens-je pas de voir son père avecque toi ?
Tu passes, infidèle, âme ingrate et légère,
La nuit avec le fils, le jour avec le père !

CLARICE

Son père de vieux temps est grand ami du mien.

ALCIPPE

Cette vieille amitié faisait votre entretien ?
505 Tu te sens convaincue, et tu m'oses répondre !
Te faut-il quelque chose encor pour te confondre ?

CLARICE

Alcippe, si je sais quel visage a le fils...

ALCIPPE

La nuit était fort noire, alors que tu le vis.
Il ne t'a pas donné quatre chœurs de Musique,
510 Une collation superbe, et magnifique,
Six services de rang, douze plats à chacun,
Son entretien alors t'était fort importun ?
Quand ses feux d'artifice éclairaient le rivage,
Tu n'eus pas le loisir de le voir au visage,
515 Tu n'as pas avec lui dansé jusques au jour,
Et tu ne l'as pas vu pour le moins au retour ?
T'en ai-je dit assez ? Rougis et meurs de honte.

CLARICE

Je ne rougirai point pour le récit d'un conte.

ALCIPPE

Quoi, je suis donc un fourbe, un bizarre, un jaloux ?

CLARICE

520 Quelqu'un a pris plaisir à se jouer de vous,
Alcippe, croyez-moi.

ALCIPPE

Ne cherche point d'excuses,
Je connais tes détours, et devine tes ruses.
Adieu, suis ton Dorante, et l'aime désormais,
Laisse en repos Alcippe, et n'y pense jamais.

CLARICE

525 Écoutez quatre mots.

ALCIPPE

Ton père va descendre.

CLARICE

Non, il ne descend point, et ne peut nous entendre,
Et j'aurai tout loisir de vous désabuser.

ALCIPPE

Je ne t'écoute point à moins que m'épouser,
À moins qu'en attendant le jour du mariage
530 M'en donner ta parole, et deux baisers en gage.

CLARICE

Pour me justifier vous demandez de moi,
Alcippe ?

ALCIPPE

Deux baisers, et ta main, et ta foi.

CLARICE

Que cela !

ALCIPPE

Résous-toi, sans plus me faire attendre.

CLARICE

Je n'ai pas le loisir, mon père va descendre.

Scène 4

ALCIPPE

535 Va, ris de ma douleur alors que je te perds,
Par ces indignités romps toi-même mes fers,
Aide mes feux trompés à se tourner en glace,
Aide un juste courroux à se mettre en leur place;
Je cours à la vengeance, et porte à ton Amant
540 Le vif et prompt effet de mon ressentiment.
S'il est homme de cœur, ce jour même nos armes
Régleront par leur sort tes plaisirs ou tes larmes,
Et plutôt que le voir possesseur de mon bien,
Puissé-je dans son sang voir couler tout le mien.
545 Le voici ce rival que son père t'amène,
Ma vieille amitié cède à ma nouvelle haine,
Sa vue accroît l'ardeur dont je me sens brûler,
Mais ce n'est pas ici qu'il faut le quereller.

Scène 5

GÉRONTE, DORANTE, CLITON

GÉRONTE

Dorante, arrêtons-nous, le trop de promenade
550 Me mettrait hors d'haleine, et me ferait malade.
Que l'ordre est rare et beau de ces grands bâtiments!

DORANTE

Paris semble à mes yeux un pays de Romans,
J'y croyais ce matin voir une Île enchantée[1];
Je la laissai déserte, et la trouve habitée.
555 Quelque Amphion[2] nouveau, sans l'aide des maçons,
En superbes Palais a changé ses buissons.

GÉRONTE

Paris voit tous les jours de ces Métamorphoses.
Dans tout le Pré-aux-Clercs tu verras mêmes choses,
Et l'Univers entier ne peut rien voir d'égal
560 Aux superbes dehors du Palais Cardinal[3].
Toute une ville entière avec pompe bâtie
Semble d'un vieux fossé par miracle sortie,
Et nous fait présumer, à ses superbes toits,
Que tous ses habitants sont des Dieux, ou des Rois.
565 Mais changeons de discours. Tu sais combien je t'aime?

DORANTE

Je chéris cet honneur bien plus que le jour même.

GÉRONTE

Comme de mon Hymen il n'est sorti que toi,
Et que je te vois prendre un périlleux emploi,
Où l'ardeur pour la gloire à tout oser convie,
570 Et force à tout moment de négliger la vie,
Avant qu'aucun malheur te puisse être avenu,

---

1. L'expression semble préfigurer les *Plaisirs de l'Île enchantée*, l'une des premières fêtes somptueuses offertes par Louis XIV à Versailles en 1664.

2. Poète et musicien mythologique; le son de sa lyre aurait provoqué la construction spontanée de la ville de Thèbes.

3. Palais construit pour Richelieu entre 1629 et 1636, futur Palais-Royal.

Pour te faire marcher un peu plus retenu,
Je veux te marier.

DORANTE, *à part :*

Ô ma chère Lucrèce !

GÉRONTE

Je t'ai voulu choisir moi-même une Maîtresse,
575 Honnête, belle, riche.

DORANTE

Ah, pour la bien choisir,
Mon père, donnez-vous un peu plus de loisir.

GÉRONTE

Je la connais assez. Clarice est belle et sage,
Autant que dans Paris il en soit de son âge,
Son père de tout temps est mon plus grand ami,
580 Et l'affaire est conclue.

DORANTE

Ah, Monsieur, j'en frémis.
D'un fardeau si pesant accabler ma jeunesse !

GÉRONTE

Fais ce que je t'ordonne.

DORANTE

Il faut jouer d'adresse.
Quoi, Monsieur, à présent qu'il faut dans les combats
Acquérir quelque nom, et signaler mon bras…

GÉRONTE

585 Avant qu'être au hasard qu'un autre bras t'immole,

Je veux dans ma maison avoir qui m'en console;
Je veux qu'un petit-fils puisse y tenir ton rang,
Soutenir ma vieillesse, et réparer mon sang.
En un mot, je le veux.

DORANTE

Vous êtes inflexible!

GÉRONTE

590 Fais ce que je te dis.

DORANTE

Mais il est impossible?

GÉRONTE

Impossible! et comment?

DORANTE

Souffrez qu'aux yeux de tous
Pour obtenir pardon, j'embrasse vos genoux.
Je suis...

GÉRONTE

Quoi?

DORANTE

Dans Poitiers...

GÉRONTE

Parle donc, et te lève.

DORANTE

Je suis donc marié, puisqu'il faut que j'achève.

GÉRONTE

595 Sans mon consentement!

DORANTE

On m'a violenté[1],
Vous ferez tout casser par votre autorité,
Mais nous fûmes tous deux forcés à l'Hyménée
Par la fatalité la plus inopinée...
Ah, si vous le saviez.

GÉRONTE

Dis, ne me cache rien.

DORANTE

600 Elle est de fort bon lieu[2], mon père, et pour son bien,
S'il n'est du tout si grand que votre humeur souhaite...

GÉRONTE

Sachons, à cela près, puisque c'est chose faite.
Elle se nomme?

DORANTE

Orphise, et son père, Armédon.

GÉRONTE

Je n'ai jamais ouï ni l'un ni l'autre nom.
605 Mais poursuis.

DORANTE

Je la vis presque à mon arrivée.
Une âme de rocher ne s'en fût pas sauvée,

---

1. On m'a contraint.
2. De bonne extraction.

Tant elle avait d'appas, et tant son œil vainqueur
Par une douce force assujettit mon cœur.
Je cherchai donc chez elle à faire connaissance,
610 Et les soins obligeants de ma persévérance
Surent plaire de sorte à cet objet charmant,
Que j'en fus en six mois autant aimé qu'Amant.
J'en reçus des faveurs secrètes, mais honnêtes;
Et j'étendis si loin mes petites conquêtes,
615 Qu'en son quartier[1] souvent je me coulais sans bruit,
Pour causer avec elle une part de la nuit.
Un soir que je venais de monter dans sa chambre,
(Ce fut, s'il m'en souvient, le second de Septembre,
Oui, ce fut ce jour-là que je fus attrapé)
620 Ce soir même son père en ville avait soupé,
Il monte à son retour, il frappe à la porte, elle
Transit, pâlit, rougit, me cache en sa ruelle[2],
Ouvre enfin, et d'abord (qu'elle eut d'esprit et d'art!)
Elle se jette au cou de ce pauvre vieillard,
625 Dérobe en l'embrassant son désordre à sa vue;
Il se sied, il lui dit qu'il veut la voir pourvue,
Lui propose un parti qu'on lui venait d'offrir:
Jugez combien mon cœur avait lors à souffrir.
Par sa réponse adroite elle sut si bien faire
630 Que sans m'inquiéter elle plut à son père.
Ce discours ennuyeux enfin se termina,
Le bonhomme partait, quand ma Montre sonna,
Et lui se retournant vers sa fille étonnée:
« Depuis quand cette Montre? et qui vous l'a donnée?
635 — Acaste mon cousin me la vient d'envoyer

---

1. Terme très polysémique qui désigne un canton de ville; la connotation de village, de commérage existe déjà au XVIIe siècle.
2. Espace qu'on laisse entre un lit et sa muraille; se dit aussi des alcôves et des lieux parés où les dames reçoivent leurs visites.

Dit-elle, et veut ici la faire nettoyer,
N'ayant point d'horlogiers au lieu de sa demeure,
Elle a déjà sonné deux fois en un quart d'heure.
— Donnez-la-moi, dit-il, j'en prendrai mieux le soin. »
640 Alors pour me la prendre elle vient en mon coin,
Je la lui donne en main, mais voyez ma disgrâce :
Avec mon pistolet le cordon s'embarrasse,
Fait marcher le déclin[1], le feu prend, le coup part ;
Jugez de notre trouble à ce triste hasard.
645 Elle tombe par terre, et moi je la crus morte,
Le père épouvanté gagne aussitôt la porte,
Il appelle au secours, il crie à l'assassin,
Son fils, et deux valets me coupent le chemin :
Furieux de ma perte, et combattant de rage
650 Au milieu de tous trois je me faisais passage,
Quand un autre malheur de nouveau me perdit,
Mon épée en ma main en trois morceaux rompit.
Désarmé je recule, et rentre, alors Orphise
De sa frayeur première aucunement remise
655 Sait prendre un temps si juste en son reste d'effroi
Qu'elle pousse la porte, et s'enferme avec moi.
Soudain nous entassons pour défenses nouvelles
Bancs, tables, coffres, lits, et jusqu'aux escabelles,
Nous nous barricadons, et dans ce premier feu
660 Nous croyons gagner tout à différer un peu.
Mais comme à ce rempart l'un et l'autre travaille,
D'une chambre voisine on perce la muraille :
Alors me voyant pris il fallut composer.

Ici Clarice les voit de sa fenêtre, et Lucrèce avec Isabelle les voit aussi de la sienne.

1. Ressort d'une arme qui met le feu à la poudre.

GÉRONTE

C'est-à-dire en Français qu'il fallut l'épouser ?

DORANTE

665 Les siens m'avaient trouvé de nuit, seul, avec elle,
Ils étaient les plus forts, elle me semblait belle,
Le scandale était grand, son honneur se perdait,
À ne le faire pas ma tête en répondait,
Ses grands efforts pour moi, son péril, et ses larmes,
670 À mon cœur amoureux étaient de nouveaux charmes.
Donc pour sauver ma vie ainsi que son honneur,
Et me mettre avec elle au comble du bonheur,
Je changeai d'un seul mot la tempête en bonace[1],
Et fis ce que tout autre aurait fait en ma place.
675 Choisissez maintenant de me voir, ou mourir,
Ou posséder un bien qu'on ne peut trop chérir.

GÉRONTE

Non, non, je ne suis pas si mauvais que tu penses,
Et trouve en ton malheur de telles circonstances
Que mon amour t'excuse, et mon esprit touché
680 Te blâme seulement de l'avoir trop caché.

DORANTE

Le peu de bien qu'elle a me faisait vous le taire.

GÉRONTE

Je prends peu garde au bien, afin d'être bon père.
Elle est belle, elle est sage, elle sort de bon lieu,
Tu l'aimes, elle t'aime, il me suffit. Adieu.
685 Je vais me dégager du père de Clarice.

1. Mer calme.

Scène 6

DORANTE, CLITON

DORANTE

Que dis-tu de l'histoire, et de mon artifice ?
Le bonhomme en tient-il[1] ? m'en suis-je bien tiré ?
Quelque sot en ma place y serait demeuré,
Il eût perdu le temps à gémir, et se plaindre,
690 Et malgré son amour, se fût laissé contraindre.
Ô l'utile secret que mentir à propos !

CLITON

Quoi, ce que vous disiez n'est pas vrai ?

DORANTE

Pas deux mots,
Et tu ne viens d'ouïr qu'un trait de gentillesse[2]
Pour conserver mon âme et mon cœur à Lucrèce.

CLITON

695 Quoi, la Montre, l'épée, avec le pistolet ?

DORANTE

Industrie[3].

CLITON

Obligez, Monsieur, votre valet.

---

1. Est-il dupe ? *Idem* vers 1484.
2. Trait de malice, habileté.
3. Habileté.

Quand vous voudrez jouer de ces grands coups de maître,
Donnez-lui quelque signe à les pouvoir connaître :
Quoique bien averti, j'étais dans le panneau.

DORANTE

700 Va, n'appréhende pas d'y tomber de nouveau,
Tu seras de mon cœur l'unique Secrétaire,
Et de tous mes secrets le grand dépositaire.

CLITON

Avec ces qualités j'ose bien espérer
Qu'assez malaisément je pourrai m'en parer[1].
705 Mais parlons de vos feux. Certes cette Maîtresse...

Scène 7

DORANTE, CLITON, SABINE

SABINE

Elle lui donne un billet.

Lisez ceci, Monsieur.

DORANTE

D'où vient-il ?

SABINE

De Lucrèce.

1. Parer le coup, esquiver. *Idem* vers 1040.

DORANTE, *après l'avoir lu :*

Dis-lui que j'y viendrai.

Sabine rentre et Dorante continue.

Doute encore, Cliton,
À laquelle des deux appartient ce beau nom,
Lucrèce sent sa part des feux qu'elle fait naître,
710 Et me veut cette nuit parler par sa fenêtre.
Dis encor que c'est l'autre, ou que tu n'es qu'un sot.
Qu'aurait l'autre à m'écrire, à qui je n'ai dit mot ?

CLITON

Monsieur, pour ce sujet n'ayons point de querelle,
Cette nuit à la voix vous saurez si c'est elle.

DORANTE

715 Coule-toi là dedans, et de quelqu'un des siens
Sache subtilement sa famille et ses biens.

Scène 8

DORANTE, LYCAS

LYCAS, *lui présentant un billet :*

Monsieur.

DORANTE

Autre billet.

Il continue après avoir lu tout bas le billet.

J'ignore quelle offense
Peut d'Alcippe avec moi rompre l'intelligence,

Mais n'importe, dis-lui que j'irai volontiers,
720 Je te suis.

Lycas rentre et Dorante continue seul.

Je revins hier au soir de Poitiers,
D'aujourd'hui seulement je produis mon visage,
Et j'ai déjà querelle, amour, et mariage ?
Pour un commencement, ce n'est point mal trouvé.
Vienne encore un procès, et je suis achevé.
725 Se charge qui voudra d'affaires plus pressantes,
Plus en nombre à la fois, et plus embarrassantes,
Je pardonne à qui mieux s'en pourra démêler.
Mais allons voir celui qui m'ose quereller.

FIN DU SECOND ACTE

Acte III

Scène I

DORANTE, ALCIPPE, PHILISTE

PHILISTE

Oui, vous faisiez[1] tous deux en hommes de courage,
730 Et n'aviez l'un, ni l'autre aucun désavantage,
Je rends grâces au Ciel de ce qu'il a permis
Que je sois survenu pour vous refaire amis,
Et que la chose égale, ainsi je vous sépare.
Mon heur en est extrême, et l'aventure rare.

DORANTE

735 L'aventure est encor bien plus rare pour moi,
Qui lui faisais raison sans avoir su de quoi.
Mais Alcippe, à présent tirez-moi hors de peine ;
Quel sujet aviez-vous de colère, ou de haine ?
Quelque mauvais rapport m'aurait-il pu noircir ?
740 Dites, que devant lui je vous puisse éclaircir.

---

1. Vous agissiez.

ALCIPPE

Vous le savez assez.

DORANTE

Plus je me considère,
Moins je découvre en moi ce qui vous peut déplaire.

ALCIPPE

Eh bien, puisqu'il vous faut parler plus clairement,
Depuis plus de deux ans j'aime secrètement,
745 Mon affaire est d'accord, et la chose vaut faite,
Mais pour quelque raison nous la tenons secrète.
Cependant à l'objet qui me tient sous sa loi,
Et qui sans me trahir ne peut être qu'à moi,
Vous avez donné bal, collation, Musique ;
750 Et vous n'ignorez pas combien cela me pique,
Puisque pour me jouer un si sensible tour
Vous m'avez à dessein caché votre retour,
Et n'avez aujourd'hui quitté votre embuscade
Qu'afin de m'en conter l'histoire par bravade.
755 Ce procédé m'étonne, et j'ai lieu de penser
Que vous n'avez rien fait, qu'afin de m'offenser.

DORANTE

Si vous pouviez encor douter de mon courage,
Je ne vous guérirais ni d'erreur ni d'ombrage,
Et nous nous reverrions, si nous étions rivaux.
760 Mais comme vous savez tous deux ce que je vaux,
Écoutez en deux mots l'histoire démêlée.
Celle que cette nuit sur l'eau j'ai régalée
N'a pu vous donner lieu de devenir jaloux,
Car elle est mariée, et ne peut être à vous ;
765 Depuis peu pour affaire elle est ici venue,
Et je ne pense pas qu'elle vous soit connue.

ALCIPPE

Je suis ravi, Dorante, en cette occasion
De voir finir si tôt notre division.

DORANTE

Alcippe, une autre fois, donnez moins de croyance
770 Aux premiers mouvements de votre défiance,
Jusqu'à mieux savoir tout, sachez vous retenir,
Et ne commencez plus par où l'on doit finir.
Adieu, je suis à vous.

Scène 2

ALCIPPE, PHILISTE

PHILISTE

Ce cœur encor soupire !

ALCIPPE

Hélas ! je sors d'un mal pour tomber dans un pire.
775 Cette collation, qui l'aura pu donner ?
À qui puis-je m'en prendre, et que m'imaginer ?

PHILISTE

Que l'ardeur de Clarice est égale à vos flammes.
Cette galanterie était pour d'autres Dames.
L'erreur de votre Page a causé votre ennui[1],
780 S'étant trompé lui-même, il vous trompe après lui.
J'ai tout su de lui-même, et des gens de Lucrèce.

1. Souci important, chagrin.

Il avait vu chez elle entrer votre Maîtresse,
Mais il n'avait pas vu qu'Hippolyte et Daphné
Ce jour-là par hasard chez elle avaient dîné.
785 Il les en voit sortir mais à coiffe abattue,
Et sans les approcher il suit de rue en rue ;
Aux couleurs [1], au carrosse, il ne doute de rien,
Tout était à Lucrèce, et le dupe si bien,
Que prenant ces beautés pour Lucrèce et Clarice
790 Il rend à votre amour un très mauvais service.
Il les voit donc aller jusques au bord de l'eau,
Descendre de carrosse, entrer dans un bateau,
Il voit porter des plats, entend quelque Musique,
(À ce que l'on m'a dit, assez mélancolique)
795 Mais cessez d'en avoir l'esprit inquiété,
Car enfin le carrosse avait été prêté,
L'avis se trouve faux, et ces deux autres belles
Avaient en plein repos passé la nuit chez elles.

ALCIPPE

Quel malheur est le mien ! Ainsi donc sans sujet
800 J'ai fait ce grand vacarme à ce charmant objet ?

PHILISTE

Je ferai votre paix, mais sachez autre chose.
Celui qui de ce trouble est la seconde cause,
Dorante, qui tantôt nous en a tant conté
De son festin superbe et sur l'heure apprêté,
805 Lui qui depuis un mois nous cachant sa venue
La nuit *incognito* visite une inconnue,
Il vint hier de Poitiers, et sans faire aucun bruit
Chez lui paisiblement a dormi toute nuit.

---

1. Il s'agit des couleurs de la livrée.

ALCIPPE

Quoi, sa collation…

PHILISTE

N'est rien qu'un pur mensonge,
810 Ou quand il l'a donnée, il l'a donnée en songe.

ALCIPPE

Dorante en ce combat si peu prémédité
M'a fait voir trop de cœur pour tant de lâcheté.
La valeur n'apprend point la fourbe[1] en son école,
Tout homme de courage est homme de parole,
815 À des vices si bas il ne peut consentir,
Et fuit plus que la mort la honte de mentir…
Cela n'est point.

PHILISTE

Dorante, à ce que je présume,
Est vaillant par Nature, et menteur par coutume.
Ayez sur ce sujet moins d'incrédulité,
820 Et vous-même admirez[2] notre simplicité.
À nous laisser duper nous sommes bien novices.
Une collation servie à six services,
Quatre concerts entiers, tant de plats, tant de feux,
Tout cela cependant prêt en une heure ou deux,
825 Comme si l'appareil d'une telle cuisine
Fût descendu du Ciel dedans quelque machine[3];
Quiconque le peut croire ainsi que vous et moi,
S'il a manque de sens, n'a pas manque de foi[4].

---

1. Synonyme de fourberie.
2. Étonnez-vous de…
3. Artifice de théâtre permettant de faire intervenir les dieux dans une pièce, notamment pour le dénouement.
4. Confiance, crédulité.

Pour moi, je voyais bien que tout ce badinage
830 Répondait assez mal aux remarques du Page
Mais vous ?

ALCIPPE

La jalousie aveugle un cœur atteint,
Et sans examiner croit tout ce qu'elle craint.
Mais laissons là Dorante avecque son audace,
Allons trouver Clarice, et lui demander grâce,
835 Elle pouvait tantôt m'entendre sans rougir.

PHILISTE

Attendez à demain, et me laissez agir,
Je veux par ce récit vous préparer la voie,
Dissiper sa colère, et lui rendre sa joie ;
Ne vous exposez point, pour gagner un moment,
840 Aux premières chaleurs de son ressentiment.

ALCIPPE

Si du jour qui s'enfuit la lumière est fidèle,
Je pense l'entrevoir avec son Isabelle.
Je suivrai tes conseils, et fuirai son courroux
Jusqu'à ce qu'elle ait ri de m'avoir vu jaloux.

Scène 3

CLARICE, ISABELLE

CLARICE

845 Isabelle, il est temps, allons trouver Lucrèce.

ISABELLE

Il n'est pas encor tard, et rien ne vous en presse.
Vous avez un pouvoir bien grand sur son esprit,
À peine ai-je parlé, qu'elle a sur l'heure écrit.

CLARICE

Clarice à la servir ne serait pas moins prompte.
850 Mais dis, par sa fenêtre as-tu bien vu Géronte ?
Et sais-tu que ce fils qu'il m'avait tant vanté
Est ce même inconnu qui m'en a tant conté ?

ISABELLE

À Lucrèce avec moi je l'ai fait reconnaître,
Et sitôt que Géronte a voulu disparaître,
855 Le voyant resté seul avec un vieux valet,
Sabine à nos yeux même a rendu le billet.
Vous parlerez à lui.

CLARICE

Qu'il est fourbe, Isabelle !

ISABELLE

Eh bien, cette pratique[1] est-elle si nouvelle ?
Dorante est-il le seul qui de jeune écolier
860 Pour être mieux reçu s'érige en Cavalier ?
Que j'en sais comme lui qui parlent d'Allemagne,
Et, si l'on veut les croire, ont vu chaque Campagne,
Sur chaque occasion tranchent des entendus,
Content quelque défaite, et des chevaux perdus,
865 Qui, dans une Gazette apprenant ce langage,
S'ils sortent de Paris, ne vont qu'à leur village,
Et se donnent ici pour témoins approuvés

1. Manière de mettre en pratique les usages du monde.

De tous ces grands combats qu'ils ont lus, ou rêvés !
Il aura cru sans doute, ou je suis fort trompée,
870 Que les filles de cœur aiment les gens d'épée,
Et vous prenant pour telle, il a jugé soudain
Qu'une plume au chapeau vous plaît mieux qu'à la main.
Ainsi donc, pour vous plaire, il a voulu paraître,
Non pas pour ce qu'il est, mais pour ce qu'il veut être,
875 Et s'est osé promettre un traitement plus doux,
Dans la condition qu'il veut prendre pour vous.

CLARICE

En matière de fourbe il est maître, il y pipe[1],
Après m'avoir dupée, il dupe encore Alcippe.
Ce malheureux jaloux s'est blessé le cerveau
880 D'un festin qu'hier au soir il m'a donné sur l'eau.
(Juge un peu si la pièce a la moindre apparence).
Alcippe cependant m'accuse d'inconstance,
Me fait une querelle, où je ne comprends rien.
J'ai, dit-il, toute nuit souffert son entretien,
885 Il me parle de bal, de danse, de Musique,
D'une collation superbe, et magnifique,
Service à tant de plats, tant de fois redoublés,
Que j'en ai la cervelle et les esprits troublés.

ISABELLE

Reconnaissez par là que Dorante vous aime,
890 Et que dans son amour son adresse est extrême.
Il aura su qu'Alcippe était bien avec vous,
Et pour l'en éloigner, il l'a rendu jaloux.
Soudain à cet effort il en a joint un autre,
Il a fait que son père est venu voir le vôtre.
895 Un Amant peut-il mieux agir en un moment,

1. Il y excelle.

Que de gagner un père et brouiller[1] l'autre Amant ?
Votre père l'agrée, et le sien vous souhaite,
Il vous aime, il vous plaît, c'est une affaire faite.

CLARICE

Elle est faite, de vrai, ce qu'elle se fera.

ISABELLE

900 Quoi, votre cœur se change, et désobéira ?

CLARICE

Tu vas sortir de garde[2], et perdre tes mesures[3].
Explique, si tu peux, encor ses impostures.
Il était marié, sans que l'on en sût rien,
Et son père a repris sa parole du mien,
905 Fort triste de visage, et fort confus dans l'âme.

ISABELLE

Ah, je dis à mon tour : « Qu'il est fourbe, Madame ! »
C'est bien aimer la fourbe, et l'avoir bien en main,
Que de prendre plaisir à fourber sans dessein.
Car pour moi, plus j'y songe, et moins je puis comprendre
910 Quel fruit auprès de vous il en ose prétendre.
Mais qu'allez-vous donc faire et pourquoi lui parler ?
Est-ce à dessein d'en rire, ou de le quereller ?

CLARICE

Je prendrai du plaisir du moins à le confondre.

---

1. Embarrasser.
2. Terme d'escrime. *Sortir de garde* signifie se découvrir.
3. Terme d'escrime. *Perdre ses mesures* renvoie à une erreur de calcul.

ISABELLE

J'en prendrais davantage à le laisser morfondre.

CLARICE

915 Je veux l'entretenir par curiosité.
Mais j'entrevois quelqu'un dans cette obscurité,
Et si c'était lui-même, il pourrait me connaître.
Entrons donc chez Lucrèce, allons à sa fenêtre,
Puisque c'est sous son nom que je lui dois parler.
920 Mon jaloux après tout sera mon pis-aller,
Si sa mauvaise humeur déjà n'est apaisée,
Sachant ce que je sais, la chose est fort aisée.

Scène 4

DORANTE, CLITON

DORANTE

Voici l'heure, et le lieu que marque le billet.

CLITON

J'ai su tout ce détail d'un ancien valet.
925 Son père est de la Robe, et n'a qu'elle de fille,
Je vous ai dit son bien, son âge, et sa famille.
Mais, Monsieur, ce serait pour me bien divertir,
Si comme vous Lucrèce excellait à mentir.
Le divertissement serait rare, ou je meure,
930 Et je voudrais qu'elle eût ce talent pour une heure,
Qu'elle pût un moment vous piper[1] en votre art,

1. Tromper.

Rendre conte pour conte, et martre pour renard[1].
D'un et d'autre côté j'en entendrais de bonnes.

DORANTE

Le Ciel fait cette grâce à fort peu de personnes.
935 Il y faut promptitude, esprit, mémoire, soins,
Ne se brouiller jamais, et rougir encor moins.
Mais la fenêtre s'ouvre, approchons.

Scène 5

CLARICE, LUCRÈCE, ISABELLE, *à la fenêtre ;*
DORANTE, CLITON, *en bas.*

CLARICE, *à Isabelle :*

Isabelle,
Durant notre entretien demeure en sentinelle.

ISABELLE

Lorsque votre vieillard sera prêt à sortir,
940 Je ne manquerai pas de vous en avertir.

Isabelle descend de la fenêtre et ne se montre plus.

LUCRÈCE, *à Clarice :*

Il conte assez au long ton histoire à mon père,
Mais parle sous mon nom, c'est à moi de me taire.

1. Proverbe qui signifie tromper encore plus que son trompeur.

CLARICE

Êtes-vous là, Dorante ?

DORANTE

Oui, Madame, c'est moi,
Qui veux vivre et mourir sous votre seule loi.

LUCRÈCE, *à Clarice :*

945 Sa fleurette pour toi prend encor même style.

CLARICE, *à Lucrèce :*

Il devrait s'épargner cette gêne inutile.
Mais m'aurait-il déjà reconnue à la voix ?

CLITON, *à Dorante :*

C'est elle, et je me rends, Monsieur, à cette fois.

DORANTE, *à Clarice :*

Oui, c'est moi qui voudrais effacer de ma vie
950 Les jours que j'ai vécu sans vous avoir servie.
Que vivre sans vous voir est un sort rigoureux !
C'est ou ne vivre point ou vivre malheureux,
C'est une longue mort, et pour moi je confesse
Que pour vivre, il faut être esclave de Lucrèce.

CLARICE, *à Lucrèce :*

955 Chère amie, il en conte à chacune à son tour.

LUCRÈCE, *à Clarice :*

Il aime à promener sa fourbe, et son amour.

DORANTE

À vos commandements j'apporte donc ma vie,
Trop heureux si pour vous elle m'était ravie,

Disposez-en, Madame, et me dites en quoi
960 Vous avez résolu de vous servir de moi.

CLARICE

Je vous voulais tantôt proposer quelque chose,
Mais il n'est plus besoin que je vous la propose,
Car elle est impossible.

DORANTE

Impossible ! Ah pour vous
Je pourrai tout, Madame, en tous lieux, contre tous.

CLARICE

965 Jusqu'à vous marier, quand je sais que vous l'êtes ?

DORANTE

Moi marié ! Ce sont pièces[1] qu'on vous a faites.
Quiconque vous l'a dit s'est voulu divertir.

CLARICE, *à Lucrèce :*

Est-il un plus grand fourbe ?

LUCRÈCE, *à Clarice :*

Il ne sait que mentir.

DORANTE

Je ne le fus jamais, et si par cette voie
970 On pense…

CLARICE

Et vous pensez encor que je vous croie ?

---

1. Mauvaises inventions pour tromper.

DORANTE

Que le foudre[1] à vos yeux m'écrase si je mens.

CLARICE

Un menteur est toujours prodigue de serments.

DORANTE

Non, si vous avez eu pour moi quelque pensée
Qui sur ce faux rapport puisse être balancée,
975 Cessez d'être en balance, et de vous défier
De ce qu'il m'est aisé de vous justifier.

CLARICE, *à Lucrèce :*

On dirait qu'il dit vrai, tant son effronterie
Avec naïveté pousse une menterie.

DORANTE

Pour vous ôter de doute, agréez que demain
980 En qualité d'époux je vous donne la main.

CLARICE

Eh, vous la donneriez en un jour à deux mille.

DORANTE

Certes vous m'allez mettre en crédit par la ville,
Mais en crédit si grand, que j'en crains les jaloux.

CLARICE

C'est tout ce que mérite un homme tel que vous,
985 Un homme qui se dit un grand foudre de guerre,

---

1. Le terme *foudre* est au XVIIe siècle à la fois féminin et masculin.

Et n'en a vu qu'à coups d'écritoire, ou de verre[1];
Qui vint hier de Poitiers, et conte à son retour
Que depuis une année il fait ici sa Cour;
Qui donne toute nuit festin, Musique, et danse,
990 Bien qu'il l'ait dans son lit passée en tout silence;
Qui se dit marié, puis soudain s'en dédit;
Sa méthode est jolie à se mettre en crédit.
Vous-même apprenez-moi comme il faut qu'on le nomme.

CLITON, *à Dorante :*

Si vous vous en tirez, je vous tiens habile homme.

DORANTE, *à Cliton :*

995 Ne t'épouvante point, tout vient en sa saison[2].

À Clarice.

De ces inventions chacune a sa raison.
Sur toutes quelque jour je vous rendrai contente,
Mais à présent je passe à la plus importante.
J'ai donc feint cet Hymen (pourquoi désavouer
1000 Ce qui vous forcera vous-même à me louer ?)
Je l'ai feint, et ma feinte à vos mépris m'expose.
Mais si de ces détours vous seule étiez la cause ?

CLARICE

Moi ?

DORANTE

Vous. Écoutez-moi. Ne pouvant consentir…

---

1. Désigne des exploits réalisés fictivement par l'écriture ou inventés sous l'emprise de la boisson.
2. Au moment opportun. *Idem* vers 1434.

CLITON, *à Dorante :*

De grâce, dites-moi si vous allez mentir.

DORANTE, *à Cliton :*

1005 Ah ! je t'arracherai cette langue importune.

À Clarice.

Donc, comme à vous servir j'attache ma fortune,
L'amour que j'ai pour vous ne pouvant consentir
Qu'un père à d'autres lois voulût m'assujettir...

CLARICE, *à Lucrèce :*

Il fait pièce nouvelle, écoutons.

DORANTE

Cette adresse
1010 A conservé mon âme à la belle Lucrèce,
Et par ce mariage au besoin[1] inventé
J'ai su rompre celui qu'on m'avait apprêté.
Blâmez-moi de tomber en des fautes si lourdes,
Appelez-moi grand fourbe, et grand donneur de bourdes,
1015 Mais louez-moi du moins d'aimer si puissamment,
Et joignez à ces noms celui de votre Amant.
Je fais par cet Hymen banqueroute à tous autres.
J'évite tous leurs fers pour mourir dans les vôtres,
Et libre pour entrer en des liens si doux,
1020 Je me fais marié pour toute autre que vous.

CLARICE

Votre flamme en naissant a trop de violence,
Et me laisse toujours en juste défiance.

---

1. Pour l'occasion, par nécessité.

Le moyen que mes yeux eussent de tels appas
Pour qui m'a si peu vue, et ne me connaît pas ?

DORANTE

1025 Je ne vous connais pas ! Vous n'avez plus de mère,
Périandre est le nom de Monsieur votre père.
Il est homme de robe, adroit et retenu,
Dix mille écus de rente en font le revenu,
Vous perdîtes un frère aux guerres d'Italie,
1030 Vous aviez une sœur qui s'appelait Julie.
Vous connais-je à présent ? dites encor que non.

CLARICE, *à Lucrèce :*

Cousine, il te connaît, et t'en veut tout de bon.

LUCRÈCE, *en elle-même :*

Plût à Dieu !

CLARICE, *à Lucrèce :*

Découvrons le fond de l'artifice.

À Dorante.

J'avais voulu tantôt vous parler de Clarice,
1035 Quelqu'un de vos amis m'en est venu prier.
Dites-moi, seriez-vous pour elle à marier ?

DORANTE

Par cette question n'éprouvez plus ma flamme,
Je vous ai trop fait voir jusqu'au fond de mon âme,
Et vous ne pouvez plus désormais ignorer
1040 Que j'ai feint cet Hymen, afin de m'en parer.
Je n'ai ni feux, ni vœux que pour votre service [1],
Et ne puis plus avoir que mépris pour Clarice.

---

1. Culte, adoration, profond respect qu'en termes de civilité on voue à la personne aimée.

CLARICE

Vous êtes, à vrai dire, un peu bien dégoûté,
Clarice est de maison, et n'est pas sans beauté,
1045 Si Lucrèce à vos yeux paraît un peu plus belle,
De bien mieux faits que vous se contenteraient d'elle.

DORANTE

Oui, mais un grand défaut ternit tous ses appas.

CLARICE

Quel est-il ce défaut ?

DORANTE

Elle ne me plaît pas,
Et plutôt que l'Hymen avec elle me lie,
1050 Je serai marié, si l'on veut, en Turquie.

CLARICE

Aujourd'hui cependant on m'a dit qu'en plein jour
Vous lui serriez la main, et lui parliez d'amour.

DORANTE

Quelqu'un auprès de vous m'a fait cette imposture.

CLARICE, *à Lucrèce :*

Écoutez l'imposteur, c'est hasard s'il n'en jure.

DORANTE

1055 Que du Ciel…

CLARICE, *à Lucrèce :*

L'ai-je dit ?

DORANTE

J'éprouve le courroux,
Si j'ai parlé, Lucrèce, à personne qu'à vous.

CLARICE

Je ne puis plus souffrir une telle impudence.
Après ce que j'ai vu moi-même en ma présence,
Vous couchez d'imposture[1], et vous osez jurer,
1060 Comme si je pouvais vous croire, ou l'endurer !
Adieu, retirez-vous, et croyez, je vous prie,
Que souvent je m'égaye ainsi par raillerie,
Et que pour me donner des passe-temps si doux,
J'ai donné cette baye à bien d'autres qu'à vous.

Scène 6

DORANTE, CLITON

CLITON

1065 Eh bien, vous le voyez, l'histoire est découverte.

DORANTE

Ah Cliton, je me trouve à deux doigts de ma perte.

CLITON

Vous en avez sans doute un plus heureux succès,
Et vous avez gagné chez elle un grand accès :
Mais je suis ce fâcheux qui nuis par ma présence,
1070 Et vous fais sous ces mots être d'intelligence.

---

1. Vous risquez l'imposture.

DORANTE

Peut-être. Qu'en crois-tu ?

CLITON

Le peut-être est gaillard.

DORANTE

Penses-tu qu'après tout j'en quitte encor ma part,
Et tienne tout perdu, pour un peu de traverse[1] ?

CLITON

Si jamais cette part tombait dans le commerce,
1075 Et qu'il vous vînt marchand pour ce trésor caché,
Je vous conseillerais d'en faire bon marché.

DORANTE

Mais pourquoi si peu croire un feu si véritable ?

CLITON

À chaque bout de champ vous mentez comme un Diable.

DORANTE

Je disais vérité.

CLITON

Quand un menteur la dit,
1080 En passant par sa bouche elle perd son crédit.

DORANTE

Il faut donc essayer si par quelque autre bouche
Elle pourra trouver un accueil moins farouche.

1. Obstacle imprévu dans la réalisation d'un projet.

Allons sur le chevet[1] rêver quelque moyen
D'avoir de l'incrédule un plus doux entretien.
1085 Souvent leur belle humeur suit le cours de la Lune,
Telle rend des mépris qui veut qu'on l'importune,
Et de quelques effets que les siens soient suivis,
Il sera demain jour, et la nuit porte avis.

FIN DU TROISIÈME ACTE

---

1. Équivalent de « sur l'oreiller ».

Acte IV

Scène I

DORANTE, CLITON

CLITON

Mais, Monsieur, pensez-vous qu'il soit jour chez Lucrèce ?
1090 Pour sortir si matin elle a trop de paresse.

DORANTE

On trouve bien souvent plus qu'on ne croit trouver,
Et ce lieu pour ma flamme est plus propre à rêver,
J'en puis voir sa fenêtre, et de sa chère idée
Mon âme à cet aspect sera mieux possédée.

CLITON

1095 À propos de rêver, n'avez-vous rien trouvé
Pour servir de remède au désordre arrivé ?

DORANTE

Je me suis souvenu d'un secret que toi-même

Me donnais hier pour grand, pour rare, pour suprême.
Un Amant obtient tout, quand il est libéral.

CLITON

1100 Le secret est fort beau, mais vous l'appliquez mal.
Il ne fait réussir qu'auprès d'une coquette.

DORANTE

Je sais ce qu'est Lucrèce, elle est sage et discrète,
À lui faire présent mes efforts seraient vains,
Elle a le cœur trop bon, mais ses gens ont des mains,
1105 Et bien que sur ce point elle les désavoue,
Avec un tel secret leur langue se dénoue,
Ils parlent, et souvent on les daigne écouter.
À tel prix que ce soit il m'en faut acheter.
Si celle-ci venait qui m'a rendu sa lettre,
1110 Après ce qu'elle a fait j'ose tout m'en promettre,
Et ce sera hasard si sans beaucoup d'effort
Je ne trouve moyen de lui payer le port.

CLITON

Certes, vous dites vrai, j'en juge par moi-même,
Ce n'est point mon humeur de refuser qui m'aime,
1115 Et comme c'est m'aimer que me faire présent,
Je suis toujours alors d'un esprit complaisant.

DORANTE

Il est beaucoup d'humeurs pareilles à la tienne.

CLITON

Mais, Monsieur, attendant que Sabine survienne,
Et que sur son esprit vos dons fassent vertu[1],
1120 Il court quelque bruit sourd qu'Alcippe s'est battu.

---

1. Fassent effet.

DORANTE

Contre qui ?

CLITON

L'on ne sait, mais ce confus murmure
D'un air pareil au vôtre à peu près le figure,
Et si de tout le jour je vous avais quitté,
Je vous soupçonnerais de cette nouveauté.

DORANTE

1125 Tu ne me quittas point, pour entrer chez Lucrèce ?

CLITON

Ah, Monsieur, m'auriez-vous joué ce tour d'adresse ?

DORANTE

Nous nous battîmes hier, et j'avais fait serment
De ne parler jamais de cet événement,
Mais à toi, de mon cœur l'unique secrétaire,
1130 À toi, de mes secrets le grand dépositaire,
Je ne cèlerai rien puisque je l'ai promis.
Depuis cinq ou six mois nous étions ennemis,
Il passa par Poitiers où nous prîmes querelle,
Et comme on nous fit lors une paix telle quelle,
1135 Nous sûmes l'un à l'autre en secret protester
Qu'à la première vue il en faudrait tâter.
Hier nous nous rencontrons, cette ardeur se réveille,
Fait de notre embrassade un appel[1] à l'oreille,
Je me défais de toi, j'y cours, je le rejoins,
1140 Nous vidons sur le pré l'affaire sans témoins,
Et le perçant à jour de deux coups d'estocade,

1. Synonyme de défi préalable à un duel.

Je le mets hors d'état d'être jamais malade,
Il tombe dans son sang.

CLITON

À ce compte il est mort ?

DORANTE

Je le laissai pour tel.

CLITON

Certes, je plains son sort,
1145 Il était honnête homme, et le Ciel ne déploie…

Scène 2

DORANTE, ALCIPPE, CLITON

ALCIPPE

Je te veux, cher ami, faire part de ma joie,
Je suis heureux, mon père…

DORANTE

Eh bien ?

ALCIPPE

Vient d'arriver.

CLITON, *à Dorante :*

Cette place pour vous est commode à rêver.

DORANTE

Ta joie est peu commune, et pour revoir un père
1150 Un tel homme que nous ne se réjouit guère.

ALCIPPE

Un esprit que la joie entièrement saisit
Présume qu'on l'entend au moindre mot qu'il dit.
Sache donc que je touche à l'heureuse journée
Qui doit avec Clarice unir ma Destinée,
1155 On attendait mon père, afin de tout signer.

DORANTE

C'est ce que mon esprit ne pouvait deviner,
Mais je m'en réjouis. Tu vas entrer chez elle ?

ALCIPPE

Oui, je lui vais porter cette heureuse Nouvelle,
Et je t'en ai voulu faire part en passant.

DORANTE

1160 Tu t'acquiers d'autant plus un cœur reconnaissant.
Enfin donc ton amour ne craint plus de disgrâce ?

ALCIPPE

Cependant qu'au logis mon père se délasse,
J'ai voulu par devoir prendre l'heure du sien,

CLITON, *à Dorante :*

Les gens que vous tuez se portent assez bien.

ALCIPPE

1165 Je n'ai de part ni d'autre aucune défiance.
Excuse d'un Amant la juste impatience.
Adieu.

DORANTE

Le Ciel te donne un Hymen sans souci.

Scène 3

DORANTE, CLITON

CLITON

Il est mort! Quoi, Monsieur, vous m'en donnez[1] aussi!
À moi de votre cœur l'unique secrétaire!
1170 À moi de vos secrets le grand dépositaire!
Avec ces qualités j'avais lieu d'espérer
Qu'assez malaisément je pourrais m'en parer.

DORANTE

Quoi, mon combat te semble un conte imaginaire?

CLITON

Je croirai tout, Monsieur, pour ne vous pas déplaire,
1175 Mais vous en contez tant, à toute heure, en tous lieux,
Qu'il faut bien de l'esprit avec vous, et bons yeux.
More, Juif, ou Chrétien, vous n'épargnez personne.

DORANTE

Alcippe te surprend, sa guérison t'étonne,
L'état où je le mis était fort périlleux,
1180 Mais il est à présent des secrets merveilleux.
Ne t'a-t-on point parlé d'une source de vie
Que nomment nos guerriers poudre de Sympathie[2]?
On en voit tous les jours des effets étonnants.

---

1. Vous me trompez. *Idem* vers 1360.
2. Remède miracle.

CLITON

Encor ne sont-ils pas du tout si surprenants,
1185 Et je n'ai point appris qu'elle eût tant d'efficace[1],
Qu'un homme que pour mort on laisse sur la place,
Qu'on a de deux grands coups percé de part en part,
Soit dès le lendemain si frais et si gaillard.

DORANTE

La poudre que tu dis n'est que de la commune,
1190 On n'en fait plus de cas ; mais, Cliton, j'en sais une
Qui rappelle si tôt des portes du trépas,
Qu'en moins d'un tournemain on ne s'en souvient pas.
Quiconque la sait faire a de grands avantages.

CLITON

Donnez-m'en le secret, et je vous sers sans gages.

DORANTE

1195 Je te le donnerais, et tu serais heureux,
Mais le secret consiste en quelques mots Hébreux,
Qui tous à prononcer sont si fort difficiles,
Que ce seraient pour toi des trésors inutiles.

CLITON

Vous savez donc l'Hébreu !

DORANTE

L'Hébreu ? parfaitement.
1200 J'ai dix langues, Cliton, à mon commandement.

---

1. Synonyme d'efficacité.

CLITON

Vous auriez bien besoin de dix des mieux nourries
Pour fournir tour à tour à tant de menteries.
Vous les hachez menu comme chair à pâtés.
Vous avez tout le corps bien plein de vérités,
1205 Il n'en sort jamais une.

DORANTE

Ah, cervelle ignorante !
Mais mon père survient.

Scène 4

GÉRONTE, DORANTE, CLITON

GÉRONTE

Je vous cherchais, Dorante.

DORANTE

Je ne vous cherchais pas, moi. Que mal à propos
Son abord importun vient troubler mon repos,
Et qu'un père incommode un homme de mon âge !

GÉRONTE

1210 Vu l'étroite union que fait le mariage,
J'estime qu'en effet c'est n'y consentir point,
Que laisser désunis ceux que le Ciel a joint :
La raison le défend, et je sens dans mon âme
Un violent désir de voir ici ta femme.
1215 J'écris donc à son père, écris-lui comme moi.
Je lui mande qu'après ce que j'ai su de toi

Je me tiens trop heureux qu'une si belle fille,
Si sage et si bien née, entre dans ma famille.
J'ajoute à ce discours que je brûle de voir
1220 Celle qui de mes ans devient l'unique espoir,
Que pour me l'amener tu t'en vas en personne.
Car enfin il le faut, et le devoir l'ordonne,
N'envoyer qu'un valet sentirait son mépris.

DORANTE

De vos civilités il sera bien surpris,
1225 Et pour moi, je suis prêt ; mais je perdrai ma peine,
Il ne souffrira pas encor qu'on vous l'amène,
Elle est grosse.

GÉRONTE

Elle est grosse !

DORANTE

Et de plus de six mois.

GÉRONTE

Que de ravissements je sens à cette fois !

DORANTE

Vous ne voudriez pas hasarder sa grossesse[1] ?

GÉRONTE

1230 Non, j'aurai patience autant que d'allégresse,
Pour hasarder ce gage, il m'est trop précieux.
À ce coup ma prière a pénétré les Cieux,
Je pense en le voyant que je mourrai de joie.
Adieu, je vais changer la lettre que j'envoie,

---

1. Faire courir un risque à sa grossesse.

1235 En écrire à son père un nouveau compliment,
Le prier d'avoir soin de son accouchement,
Comme du seul espoir où mon bonheur se fonde.

DORANTE, *à Cliton :*

Le bonhomme s'en va le plus content du Monde.

GÉRONTE, *se retournant :*

Écris-lui comme moi.

DORANTE

Je n'y manquerai pas.

À Cliton.

1240 Qu'il est bon !

CLITON

Taisez-vous, il revient sur ses pas.

GÉRONTE

Il ne me souvient plus du nom de ton beau-père.
Comment s'appelle-t-il ?

DORANTE

Il n'est pas nécessaire,
Sans que vous vous donniez ces soucis superflus,
En fermant le paquet, j'écrirai le dessus[1].

GÉRONTE

1245 Étant tout d'une main, il sera plus honnête.

1. L'adresse.

DORANTE

Ne lui pourrai-je ôter ce souci de la tête ?
Votre main, ou la mienne, il n'importe des deux.

GÉRONTE

Ces nobles de Province y sont un peu fâcheux.

DORANTE

Son père sait la Cour.

GÉRONTE

Ne me fais plus attendre,

1250 Dis-moi...

DORANTE

Que lui dirai-je ?

GÉRONTE

Il s'appelle ?

DORANTE

Pyrandre.

GÉRONTE

Pyrandre ! tu m'as dit tantôt un autre nom,
C'était, je m'en souviens, oui, c'était Armédon.

DORANTE

Oui, c'est là son nom propre, et l'autre d'une terre,
Il portait ce dernier quand il fut à la guerre,
1255 Et se sert si souvent de l'un et l'autre nom,
Que tantôt c'est Pyrandre, et tantôt Armédon.

GÉRONTE

C'est un abus commun qu'autorise l'usage,
Et j'en usais ainsi du temps de mon jeune âge.
Adieu, je vais écrire.

Scène 5

DORANTE, CLITON

DORANTE

Enfin j'en suis sorti.

CLITON

1260 Il faut bonne mémoire après qu'on a menti.

DORANTE

L'esprit a secouru le défaut de mémoire.

CLITON

Mais on éclaircira bientôt toute l'histoire.
Après ce mauvais pas où vous avez bronché,
Le reste encor longtemps ne peut être caché.
1265 On le sait chez Lucrèce, et chez cette Clarice,
Qui d'un mépris si grand piquée avec justice,
Dans son ressentiment prendra l'occasion
De vous couvrir de honte et de confusion.

DORANTE

Ta crainte est bien fondée, et puisque le temps presse,
1270 Il faut tâcher en hâte à m'engager Lucrèce.
Voici tout à propos ce que j'ai souhaité.

Scène 6

DORANTE, CLITON, SABINE

DORANTE

Chère amie, hier au soir j'étais si transporté,
Qu'en ce ravissement je ne pus me permettre
De bien penser à toi, quand j'eus lu cette lettre :
1275 Mais tu n'y perdras rien et voici pour le port.

SABINE

Ne croyez pas Monsieur...

DORANTE

Tiens.

SABINE

Vous me faites tort.
Je ne suis pas de...

DORANTE

Prends.

SABINE

Hé, Monsieur.

DORANTE

Prends, te dis-je,
Je ne suis point ingrat alors que l'on m'oblige.
Dépêche, tends la main.

CLITON

Qu'elle y fait de façons !
1280 Je lui veux par pitié donner quelques leçons.
Chère amie, entre nous, toutes tes révérences
En ces occasions ne sont qu'impertinences,
Si ce n'est assez d'une, ouvre toutes les deux,
Le métier que tu fais ne veut point de honteux.
1285 Sans te piquer d'honneur, crois qu'il n'est que de prendre,
Et que tenir vaut mieux mille fois que d'attendre.
Cette pluie est fort douce, et quand j'en vois pleuvoir,
J'ouvrirais jusqu'au cœur pour la mieux recevoir.
On prend à toutes mains dans le siècle où nous sommes,
1290 Et refuser n'est plus le vice des grands hommes.
Retiens bien ma doctrine, et pour faire amitié,
Si tu veux, avec toi je serai de moitié.

SABINE

Cet article est de trop.

DORANTE

Vois-tu, je me propose
De faire avec le temps pour toi toute autre chose.
1295 Mais comme j'ai reçu cette lettre de toi,
En voudrais-tu donner la réponse pour moi ?

SABINE

Je la donnerai bien, mais je n'ose vous dire
Que ma Maîtresse daigne, ou la prendre, ou la lire ;
J'y ferai mon effort.

CLITON

Voyez, elle se rend
1300 Plus douce qu'une épouse, et plus souple qu'un gant.

DORANTE

Le secret a joué. Présente-la, n'importe,
Elle n'a pas pour moi d'aversion si forte,
Je reviens dans une heure en apprendre l'effet.

SABINE

Je vous conterai lors tout ce que j'aurai fait.

Scène 7

CLITON, SABINE

CLITON

1305 Tu vois que les effets préviennent les paroles,
C'est un homme qui fait litière de[1] pistoles,
Mais comme auprès de lui je puis beaucoup pour toi...

SABINE

Fais tomber de la pluie, et laisse faire à moi.

CLITON

Tu viens d'entrer en goût.

SABINE

Avec mes révérences,
1310 Je ne suis pas encor si dupe que tu penses,
Je sais bien mon métier, et ma simplicité
Joue aussi bien son jeu, que ton avidité.

---

1. L'expression signifie : « abuser d'un bien dont on dispose à profusion ».

CLITON

Si tu sais ton métier, dis-moi quelle espérance
Doit obstiner mon maître à la persévérance.
1315 Sera-t-elle insensible ? en viendrons-nous à bout ?

SABINE

Puisqu'il est si brave homme, il faut te dire tout.
Pour te désabuser, sache donc que Lucrèce
N'est rien moins qu'insensible à l'ardeur qui le presse,
Durant toute la nuit elle n'a point dormi,
1320 Et si je ne me trompe elle l'aime à demi.

CLITON

Mais sur quel privilège est-ce qu'elle se fonde,
Quand elle aime à demi, de maltraiter le monde ?
Il n'en a cette nuit reçu que des mépris.
Chère amie, après tout, mon maître vaut son prix,
1325 Ces amours à demi sont d'une étrange espèce,
Et s'il voulait me croire, il quitterait Lucrèce.

SABINE

Qu'il ne se hâte point, on l'aime, assurément.

CLITON

Mais on le lui témoigne un peu bien rudement,
Et je ne vis jamais de méthodes pareilles.

SABINE

1330 Elle tient, comme on dit, le loup par les oreilles.
Elle l'aime, et son cœur n'y saurait consentir,
Parce que d'ordinaire il ne fait que mentir.
Hier même elle le vit dedans les Tuileries,
Où tout ce qu'il conta n'était que menteries,
1335 Il en a fait autant depuis à deux ou trois.

CLITON

Les menteurs les plus grands disent vrai quelquefois.

SABINE

Elle a lieu de douter et d'être en défiance.

CLITON

Qu'elle donne à ses feux un peu plus de croyance,
Il n'a fait toute nuit que soupirer d'ennui.

SABINE

1340 Peut-être que tu mens, aussi bien comme lui ?

CLITON

Je suis homme d'honneur, tu me fais injustice.

SABINE

Mais, dis-moi, sais-tu bien qu'il n'aime plus Clarice ?

CLITON

Il ne l'aima jamais.

SABINE

Pour certain ?

CLITON

Pour certain.

SABINE

Qu'il ne craigne donc plus de soupirer en vain.
1345 Aussitôt que Lucrèce a pu le reconnaître,
Elle a voulu qu'exprès je me sois fait paraître,
Pour voir si par hasard il ne me dirait rien,
Et s'il l'aime en effet, tout le reste ira bien.

Va-t'en, et sans te mettre en peine de m'instruire,
1350 Crois que je lui dirai tout ce qu'il lui faut dire.

CLITON

Adieu, de ton côté si tu fais ton devoir,
Tu dois croire du mien que je ferai pleuvoir.

Scène 8

LUCRÈCE, SABINE

SABINE

Que je vais bientôt voir une fille contente !
Mais la voici déjà. Qu'elle est impatiente !
1355 Comme elle a les yeux fins, elle a vu le poulet[1].

LUCRÈCE

Eh bien, que t'ont conté le maître et le valet ?

SABINE

Le maître et le valet m'ont dit la même chose,
Le maître est tout à vous, et voici de sa prose.

LUCRÈCE, *après avoir lu :*

Dorante avec chaleur fait le passionné,
1360 Mais le fourbe qu'il est nous en a trop donné,
Et je ne suis pas fille à croire ses paroles.

SABINE

Je ne les crois non plus, mais j'en crois ses pistoles.

1. Billet doux ou message.

LUCRÈCE

Il t'a donc fait présent ?

SABINE

Voyez.

LUCRÈCE

Et tu l'as pris ?

SABINE

Pour vous ôter du trouble où flottent vos esprits,
1365 Et vous mieux témoigner ses flammes véritables,
J'en ai pris les témoins les plus indubitables,
Et je remets, Madame, au jugement de tous
Si qui donne à vos gens est sans amour pour vous,
Et si ce traitement marque une âme commune.

LUCRÈCE

1370 Je ne m'oppose pas à ta bonne fortune,
Mais comme en l'acceptant tu sors de ton devoir,
Du moins une autre fois ne m'en fais rien savoir.

SABINE

Mais à ce libéral que pourrai-je promettre ?

LUCRÈCE

Dis-lui que sans la voir j'ai déchiré sa lettre.

SABINE

1375 Ô ma bonne fortune, où vous enfuyez-vous ?

LUCRÈCE

Mêles-y de ta part deux ou trois mots plus doux,
Conte-lui dextrement le naturel des femmes,

Dis-lui qu'avec le temps on amollit leurs âmes,
Et l'avertis surtout des heures, et des lieux
1380 Où par rencontre[1] il peut se montrer à mes yeux.
Parce qu'il est grand fourbe, il faut que je m'assure.

SABINE

Ah, si vous connaissiez les peines qu'il endure,
Vous ne douteriez plus si son cœur est atteint,
Toute nuit il soupire, il gémit, il se plaint.

LUCRÈCE

1385 Pour apaiser les maux que cause cette plainte,
Donne-lui de l'espoir avec beaucoup de crainte,
Et sache entre les deux toujours le modérer,
Sans m'engager à lui, ni le désespérer.

Scène 9

CLARICE, LUCRÈCE, SABINE

CLARICE

Il t'en veut tout de bon, et m'en voilà défaite,
1390 Mais je souffre aisément la perte que j'ai faite.
Alcippe la répare, et son père est ici.

LUCRÈCE

Te voilà donc bientôt quitte d'un grand souci ?

1. Par hasard.

CLARICE

M'en voilà bientôt quitte, et toi, te voilà prête
À t'enrichir bientôt d'une étrange conquête.
1395 Tu sais ce qu'il m'a dit.

SABINE

S'il vous mentait alors,
À présent, il dit vrai, j'en réponds corps pour corps.

CLARICE

Peut-être qu'il le dit, mais c'est un grand peut-être.

LUCRÈCE

Dorante est un grand fourbe et nous l'a fait connaître,
Mais s'il continuait encore à m'en conter,
1400 Peut-être avec le temps il me ferait douter.

CLARICE

Si tu l'aimes, du moins étant bien avertie,
Prends bien garde à ton fait, et fais bien ta partie.

LUCRÈCE

C'en est trop, et tu dois seulement présumer
Que je penche à le croire, et non pas à l'aimer.

CLARICE

1405 De le croire à l'aimer la distance est petite,
Qui fait croire ses feux fait croire son mérite,
Ces deux points en amour se suivent de si près,
Que qui se croit aimée aime bientôt après.

LUCRÈCE

La curiosité souvent dans quelques âmes
1410 Produit le même effet que produiraient des flammes.

CLARICE

Je suis prête à le croire, afin de t'obliger.

SABINE

Vous me feriez ici toutes deux enrager.
Voyez, qu'il est besoin de tout ce badinage !
Faites moins la sucrée, et changez de langage,
1415 Ou vous n'en casserez, ma foi, que d'une dent[1].

LUCRÈCE

Laissons là cette folle, et dis-moi cependant.
Quand nous le vîmes hier dedans les Tuileries,
Qu'il te conta d'abord tant de galanteries,
Il fut, ou je me trompe, assez bien écouté.
1420 Était-ce amour alors ou curiosité ?

CLARICE

Curiosité pure, avec dessein de rire
De tous les compliments qu'il aurait pu me dire.

LUCRÈCE

Je fais de ce billet même chose à mon tour,
Je l'ai pris, je l'ai lu, mais le tout sans amour,
1425 Curiosité pure, avec dessein de rire
De tous les compliments qu'il aurait pu m'écrire.

CLARICE

Ce sont deux que de lire et d'avoir écouté,
L'un est grande faveur, l'autre, civilité ;
Mais trouves-y ton compte, et j'en serai ravie,
1430 En l'état où je suis j'en parle sans envie.

---

1. Vous n'obtiendrez pas tout ce que vous désirez.

LUCRÈCE

Sabine lui dira que je l'ai déchiré.

CLARICE

Nul avantage ainsi n'en peut être tiré,
Tu n'es que curieuse.

LUCRÈCE

Ajoute : à ton exemple.

CLARICE

Soit ; mais il est saison que nous allions au Temple.

LUCRÈCE, *à Clarice :*

1435 Allons.

À Sabine.

Si tu le vois, agis comme tu sais.

SABINE

Ce n'est pas sur ce coup que je fais mes essais :
Je connais à tous deux où tient la maladie,
Et le mal sera grand si je n'y remédie ;
Mais sachez qu'il est homme à prendre sur le vert[1].

LUCRÈCE

1440 Je te croirai.

SABINE

Mettons cette pluie à couvert.

FIN DU QUATRIÈME ACTE

1. À prendre sur le fait, pendant qu'il en est encore temps.

Acte V

Scène I

GÉRONTE, PHILISTE

GÉRONTE

Je ne pouvais avoir rencontre plus heureuse
Pour satisfaire ici mon humeur curieuse.
Vous avez feuilleté le Digeste à Poitiers,
Et vu comme mon fils les gens de ces quartiers,
1445 Ainsi vous me pouvez facilement apprendre
Quelle est, et la famille, et le bien de Pyrandre.

PHILISTE

Quel est-il, ce Pyrandre ?

GÉRONTE

Un de leurs citoyens,
Noble à ce qu'on m'a dit, mais un peu mal en biens.

PHILISTE

Il n'est dans tout Poitiers Bourgeois ni Gentilhomme
1450 Qui (si je m'en souviens) de la sorte se nomme.

GÉRONTE

Vous le connaîtrez mieux peut-être à l'autre nom,
Ce Pyrandre s'appelle autrement Armédon.

PHILISTE

Aussi peu l'un que l'autre.

GÉRONTE

Et le père d'Orphise,
Cette rare beauté qu'en ces lieux même on prise ?
1455 Vous connaissez le nom de cet objet charmant
Qui fait de ces cantons le plus digne ornement ?

PHILISTE

Croyez que cette Orphise, Armédon, et Pyrandre,
Sont gens dont à Poitiers on ne peut rien apprendre.
S'il vous faut sur ce point encor quelque garant...

GÉRONTE

1460 En faveur de mon fils vous faites l'ignorant,
Mais je ne sais que trop qu'il aime cette Orphise,
Et qu'après les douceurs d'une longue hantise[1]
On l'a seul dans sa chambre avec elle trouvé ;
Que par son pistolet un désordre arrivé
1465 L'a forcé sur-le-champ d'épouser cette belle :
Je sais tout, et de plus ma bonté paternelle
M'a fait y consentir, et votre esprit discret
N'a plus d'occasion de m'en faire un secret.

PHILISTE

Quoi, Dorante a fait donc un secret mariage !

1. Hantise, au sens de hanter, fréquenter, fréquentation.

GÉRONTE

1470 Et, comme je suis bon, je pardonne à son âge.

PHILISTE

Qui vous l'a dit ?

GÉRONTE

Lui-même.

PHILISTE

Ah, puisqu'il vous l'a dit,
Il vous fera du reste un fidèle récit,
Il en sait mieux que moi toutes les circonstances :
Non qu'il vous faille en prendre aucunes défiances,
1475 Mais il a le talent de bien imaginer,
Et moi je n'eus jamais celui de deviner.

GÉRONTE

Vous me feriez par là soupçonner son histoire.

PHILISTE

Non, sa parole est sûre, et vous pouvez l'en croire ;
Mais il nous servit hier d'une collation
1480 Qui partait d'un esprit de grande invention,
Et si ce mariage est de même méthode,
La pièce est fort complète, et des plus à la mode.

GÉRONTE

Prenez-vous du plaisir à me mettre en courroux ?

PHILISTE

Ma foi, vous en tenez aussi bien comme nous,
1485 Et, pour vous en parler avec toute franchise,

Si vous n'avez jamais pour bru que cette Orphise,
Vos chers collatéraux s'en trouveront fort bien.
Vous m'entendez, Adieu, je ne vous dis plus rien.

Scène 2

GÉRONTE

Ô vieillesse facile ! ô jeunesse impudente !
1490 Ô de mes cheveux gris honte trop évidente !
Est-il dessous le Ciel père plus malheureux ?
Est-il affront plus grand pour un cœur généreux ?
Dorante n'est qu'un fourbe, et cet ingrat que j'aime
Après m'avoir fourbé me fait fourber moi-même,
1495 Et d'un discours en l'air qu'il forge en imposteur,
Il me fait le trompette[1] et le second auteur.
Comme si c'était peu pour mon reste de vie
De n'avoir à rougir que de son infamie,
L'infâme se jouant de mon trop de bonté
1500 Me fait encor rougir de ma crédulité.

Scène 3

GÉRONTE, DORANTE, CLITON

GÉRONTE

Êtes-vous Gentilhomme ?

---

1. Serviteur qui annonce à haute voix les avis officiels.

DORANTE

Ah, rencontre fâcheuse !
Étant sorti de vous, la chose est peu douteuse.

GÉRONTE

Croyez-vous qu'il suffit d'être sorti de moi ?

DORANTE

Avec toute la France aisément je le crois.

GÉRONTE

1505 Et ne savez-vous point avec toute la France
D'où ce titre d'honneur a tiré sa naissance,
Et que la vertu seule a mis en ce haut rang
Ceux qui l'ont jusqu'à moi fait passer dans leur sang ?

DORANTE

J'ignorerais un point que n'ignore personne,
1510 Que la vertu l'acquiert, comme le sang le donne.

GÉRONTE

Où le sang a manqué, si la vertu l'acquiert,
Où le sang l'a donné, le vice aussi le perd.
Ce qui naît d'un moyen périt par son contraire,
Tout ce que l'un a fait, l'autre peut le défaire,
1515 Et dans la lâcheté du vice où je te vois
Tu n'es plus Gentilhomme, étant sorti de moi.

DORANTE

Moi ?

GÉRONTE

Laisse-moi parler, toi de qui l'imposture
Souille honteusement ce don de la Nature.

Qui se dit Gentilhomme, et ment comme tu fais,
1520 Il ment quand il le dit, et ne le fut jamais.
Est-il vice plus bas, est-il tache plus noire,
Plus indigne d'un homme élevé pour la gloire ?
Est-il quelque faiblesse, est-il quelque action
Dont un cœur vraiment noble ait plus d'aversion,
1525 Puisqu'un seul démenti lui porte une infamie
Qu'il ne peut effacer s'il n'expose sa vie,
Et si dedans le sang il ne lave l'affront
Qu'un si honteux outrage imprime sur son front ?

DORANTE

Qui vous dit que je mens ?

GÉRONTE

Qui me le dit, infâme ?
1530 Dis-moi, si tu le peux, dis le nom de ta femme,
Le conte qu'hier au soir tu m'en fis publier.

CLITON, *à Dorante :*

Dites que le sommeil vous l'a fait oublier.

GÉRONTE

Ajoute, ajoute encore avec effronterie
Le nom de ton beau-père, et de sa Seigneurie,
1535 Invente à m'éblouir quelques nouveaux détours.

CLITON, *à Dorante :*

Appelez la mémoire, ou l'esprit au secours.

GÉRONTE

De quel front cependant faut-il que je confesse
Que ton effronterie a surpris ma vieillesse,
Qu'un homme de mon âge a cru légèrement

1540 Ce qu'un homme du tien débite impudemment ?
Tu me fais donc servir de fable et de risée,
Passer pour esprit faible, et pour cervelle usée !
Mais dis-moi, te portais-je à la gorge un poignard ?
Voyais-tu violence, ou courroux de ma part ?
1545 Si quelque aversion t'éloignait de Clarice,
Quel besoin avais-tu d'un si lâche artifice ?
Et pouvais-tu douter que mon consentement
Ne dût tout accorder à ton contentement,
Puisque mon indulgence au dernier point venue
1550 Consentait à tes yeux l'Hymen d'une inconnue ?
Ce grand excès d'amour que je t'ai témoigné
N'a point touché ton cœur, ou ne l'a point gagné,
Ingrat, tu m'as payé d'une impudente feinte,
Et tu n'as eu pour moi respect, amour, ni crainte.
1555 Va, je te désavoue.

DORANTE

Eh, mon père, écoutez.

GÉRONTE

Quoi, des contes en l'air, et sur l'heure inventés ?

DORANTE

Non, la vérité pure.

GÉRONTE

En est-il dans ta bouche ?

CLITON, *à Dorante :*

Voici pour votre adresse une assez rude touche.

DORANTE

Épris d'une beauté qu'à peine j'ai pu voir

1560 Qu'elle a pris sur mon âme un absolu pouvoir,
De Lucrèce en un mot, vous la pouvez connaître.

GÉRONTE

Dis vrai, je la connais, et ceux qui l'ont fait naître,
Son père est mon ami.

DORANTE

Mon cœur en un moment
Étant de ses regards charmé si puissamment,
1565 Le choix que vos bontés avaient fait de Clarice,
Sitôt que je le sus, me parut un supplice.
Mais comme j'ignorais si Lucrèce et son sort
Pouvaient avec le vôtre avoir quelque rapport
Je n'osai pas encor vous découvrir la flamme
1570 Que venaient ses beautés d'allumer dans mon âme,
Et j'avais ignoré, Monsieur, jusqu'à ce jour
Que l'adresse d'esprit fût un crime en amour.
Mais si je vous osais demander quelque grâce,
À présent que je sais, et son bien, et sa race,
1575 Je vous conjurerais par les nœuds les plus doux
Dont l'amour et le sang puissent m'unir à vous,
De seconder mes vœux auprès de cette belle ;
Obtenez-la d'un père, et je l'obtiendrai d'elle.

GÉRONTE

Tu me fourbes encor.

DORANTE

Si vous ne m'en croyez,
1580 Croyez-en, pour le moins, Cliton que vous voyez,
Il sait tout mon secret.

GÉRONTE

Tu ne meurs pas de honte
Qu'il faille que de lui je fasse plus de compte,
Et que ton père même en doute de ta foi
Donne plus de croyance à ton valet, qu'à toi ?
1585 Écoute, je suis bon, et malgré ma colère,
Je veux encore un coup montrer un cœur de père,
Je veux encore un coup pour toi me hasarder.
Je connais ta Lucrèce et la vais demander,
Mais si de ton côté le moindre obstacle arrive…

DORANTE

1590 Pour vous mieux assurer souffrez que je vous suive.

GÉRONTE

Demeure ici, demeure, et ne suis point mes pas,
Je doute, je hasarde, et je ne te crois pas.
Mais sache que tantôt si pour cette Lucrèce
Tu fais la moindre fourbe, ou la moindre finesse,
1595 Tu peux bien fuir mes yeux, et ne me voir jamais,
Autrement, souviens-toi du serment que je fais.
Je jure les rayons du jour qui nous éclaire
Que tu ne mourras point que de la main d'un père,
Et que ton sang indigne à mes pieds répandu
1600 Rendra prompte justice à mon honneur perdu.

Scène 4

DORANTE, CLITON

DORANTE

Je crains peu les effets d'une telle menace.

CLITON

Vous vous rendez trop tôt, et de mauvaise grâce,
Et cet esprit adroit qui l'a dupé deux fois
Devait en galant homme aller jusques à trois.
1605 Toutes tierces, dit-on, sont bonnes ou mauvaises.

DORANTE

Cliton, ne raille point, que tu ne me déplaises,
D'un trouble tout nouveau j'ai l'esprit agité.

CLITON

N'est-ce point du remords d'avoir dit vérité ?
Si pourtant ce n'est point quelque nouvelle adresse ;
1610 Car je doute à présent si vous aimez Lucrèce,
Et vous vois si fertile en semblables détours,
Que, quoi que vous disiez, je l'entends au rebours.

DORANTE

Je l'aime, et sur ce point ta défiance est vaine,
Mais je hasarde trop, et c'est ce qui me gêne.
1615 Si son père et le mien ne tombent point d'accord,
Tout commerce est rompu, je fais naufrage au port,
Et d'ailleurs, quand l'affaire entre eux serait conclue,
Suis-je sûr que la fille y soit bien résolue ?
J'ai tantôt vu passer cet objet si charmant,
1620 Sa compagne, ou je meure, a beaucoup d'agrément.
Aujourd'hui que mes yeux l'ont mieux examinée,
De mon premier amour j'ai l'âme un peu gênée,
Mon cœur entre les deux est presque partagé,
Et celle-ci l'aurait s'il n'était engagé.

CLITON

1625 Mais pourquoi donc montrer une flamme si grande,
Et porter votre père à faire une demande ?

DORANTE

Il ne m'aurait pas cru, si je ne l'avais fait.

CLITON

Quoi, même en disant vrai vous mentiez en effet ?

DORANTE

C'était le seul moyen d'apaiser sa colère.
1630 Que maudit soit quiconque a détrompé mon père,
Avec ce faux Hymen j'aurais eu le loisir
De consulter mon cœur, et je pourrais choisir.

CLITON

Mais sa compagne enfin n'est autre que Clarice.

DORANTE

Je me suis donc rendu moi-même un bon office.
1635 Ô qu'Alcippe est heureux et que je suis confus !
Mais Alcippe, après tout, n'aura que mon refus.
N'y pensons plus, Cliton, puisque la place est prise.

CLITON

Vous en voilà défait aussi bien que d'Orphise.

DORANTE

Reportons à Lucrèce un esprit ébranlé
1640 Que l'autre à ses yeux même avait presque volé.
Mais Sabine survient.

Scène 5

DORANTE, SABINE, CLITON

DORANTE

Qu'as-tu fait de ma lettre ?
En de si belles mains as-tu su la remettre ?

SABINE

Oui, Monsieur, mais...

DORANTE

Quoi mais ?

SABINE

Elle a tout déchiré.

DORANTE

Sans lire ?

SABINE

Sans rien lire.

DORANTE

Et tu l'as enduré ?

SABINE

1645 Ah, si vous aviez vu comme elle m'a grondée,
Elle me va chasser, l'affaire en est vidée[1].

---

1. L'affaire est réglée.

DORANTE

Elle s'apaisera, mais pour t'en consoler,
Tends la main.

SABINE

Eh, Monsieur.

DORANTE

Ose encor lui parler,
Je ne perds pas si tôt toutes mes espérances.

CLITON

1650 Voyez la bonne pièce avec ses révérences,
Comme ses déplaisirs sont déjà consolés.
Elle vous en dira plus que vous n'en voulez.

DORANTE

Elle a donc déchiré mon billet sans le lire ?

SABINE

Elle m'avait donné charge de vous le dire,
1655 Mais à parler sans fard…

CLITON

Sait-elle son métier ?

SABINE

Elle n'en a rien fait et l'a lu tout entier.
Je ne puis si longtemps abuser un brave homme.

CLITON

Si quelqu'un l'entend mieux, je l'irai dire à Rome [1].

1. Formule proverbiale pour désigner un fait incroyable ou impossible.

DORANTE

Elle ne me hait pas, à ce compte ?

SABINE

Elle ? non.

DORANTE

1660 M'aime-t-elle ?

SABINE

Non plus.

DORANTE

Tout de bon ?

SABINE

Tout de bon.

DORANTE

Aime-t-elle quelque autre ?

SABINE

Encor moins.

DORANTE

Qu'obtiendrai-je ?

SABINE

Je ne sais.

DORANTE

Mais enfin, dis-moi.

SABINE

Que vous dirai-je ?

DORANTE

Vérité.

SABINE

Je la dis.

DORANTE

Mais elle m'aimera ?

SABINE

Peut-être.

DORANTE

Et quand encor ?

SABINE

Quand elle vous croira.

DORANTE

1665 Quand elle me croira ? Que ma joie est extrême !

SABINE

Quand elle vous croira, dites qu'elle vous aime.

DORANTE

Je le dis déjà donc, et m'en ose vanter,
Puisque ce cher objet n'en saurait plus douter,
Mon père…

SABINE

La voici qui vient avec Clarice.

Scène 6

CLARICE, LUCRÈCE, DORANTE,
SABINE, CLITON

CLARICE, *à Lucrèce :*

1670 Il peut te dire vrai, mais ce n'est pas son vice ;
Comme tu le connais, ne précipite rien.

DORANTE, *à Clarice :*

Beauté, qui pouvez seule et mon mal et mon bien...

CLARICE, *à Lucrèce :*

On dirait qu'il m'en veut, et c'est moi qu'il regarde.

LUCRÈCE, *à Clarice :*

Quelques regards sur toi sont tombés par mégarde,
1675 Voyons s'il continue.

DORANTE, *à Clarice :*

Ah, que loin de vos yeux
Les moments à mon cœur deviennent ennuyeux,
Et que je reconnais par mon expérience
Quel supplice aux Amants est une heure d'absence !

CLARICE, *à Lucrèce :*

Il continue encor.

LUCRÈCE, *à Clarice :*

Mais vois ce qu'il m'écrit.

CLARICE, *à Lucrèce :*

1680 Mais écoute.

LUCRÈCE, *à Clarice :*

Tu prends pour toi ce qu'il me dit.

CLARICE

Éclaircissons-nous-en. Vous m'aimez donc, Dorante ?

DORANTE, *à Clarice :*

Hélas ! que cette amour vous est indifférente !
Depuis que vos regards m'ont mis sous votre loi...

CLARICE, *à Lucrèce :*

Crois-tu que le discours s'adresse encore à toi ?

LUCRÈCE, *à Clarice :*

1685 Je ne sais où j'en suis.

CLARICE, à Lucrèce :

Oyons la fourbe entière.

LUCRÈCE, *à Clarice :*

Vu ce que nous savons, elle est un peu grossière.

CLARICE, *à Lucrèce :*

C'est ainsi qu'il partage entre nous son amour,
Il te flatte de nuit, et m'en conte de jour.

DORANTE, *à Clarice :*

Vous consultez ensemble ! Ah, quoi qu'elle vous die,
1690 Sur de meilleurs conseils disposez de ma vie,
Le sien auprès de vous me serait trop fatal,
Elle a quelque sujet de me vouloir du mal.

LUCRÈCE, *en elle-même :*

Ah, je n'en ai que trop, et si je ne me venge...

CLARICE, *à Dorante :*

Ce qu'elle me disait est de vrai fort étrange.

DORANTE

1695 C'est quelque invention de son esprit jaloux.

CLARICE

Je le crois, mais enfin me reconnaissez-vous ?

DORANTE

Si je vous reconnais ? quittez ces railleries,
Vous que j'entretins hier dedans les Tuileries,
Que je fis aussitôt maîtresse de mon sort ?

CLARICE

1700 Si je veux toutefois en croire son rapport,
Pour une autre déjà votre âme inquiétée[1]...

DORANTE

Pour une autre déjà je vous aurais quittée ?
Que plutôt à vos pieds mon cœur sacrifié...

CLARICE

Bien plus, si je la crois, vous êtes marié.

DORANTE

1705 Vous me jouez, Madame, et sans doute pour rire,
Vous prenez du plaisir à m'entendre redire

1. Votre âme s'est déjà engagée ailleurs.

Qu'à dessein de mourir en des liens si doux
Je me fais marié pour toute autre que vous.

CLARICE

Mais avant qu'avec moi le nœud d'Hymen vous lie,
1710 Vous serez marié, si l'on veut, en Turquie ?

DORANTE

Avant qu'avec toute autre on me puisse engager,
Je serai marié, si l'on veut, en Alger.

CLARICE

Mais enfin vous n'avez que mépris pour Clarice ?

DORANTE

Mais enfin vous savez le nœud de l'artifice,
1715 Et que pour être à vous je fais ce que je puis.

CLARICE

Je ne sais plus moi-même à mon tour où j'en suis.
Lucrèce, écoute un mot.

DORANTE, *à Cliton :*

Lucrèce ! que dit-elle ?

CLITON, *à Dorante :*

Vous en tenez, Monsieur, Lucrèce est la plus belle.
Mais laquelle des deux, j'en ai le mieux jugé,
1720 Et vous auriez perdu, si vous aviez gagé.

DORANTE, *à Cliton :*

Cette nuit à la voix j'ai cru la reconnaître.

CLITON, *à Dorante :*

Clarice sous son nom parlait à sa fenêtre,
Sabine m'en a fait un secret entretien.

DORANTE

Bonne bouche[1], j'en tiens, mais l'autre la vaut bien,
1725 Et comme dès tantôt je la trouvais bien faite,
Mon cœur déjà penchait où mon erreur le jette.
Ne me découvre point, et dans ce nouveau feu
Tu me vas voir, Cliton, jouer un nouveau jeu ;
Sans changer de discours, changeons de batterie.

LUCRÈCE, *à Clarice :*

1730 Voyons le dernier point de son effronterie,
Quand tu lui diras tout il sera bien surpris.

CLARICE, *à Dorante :*

Comme elle est mon amie, elle m'a tout appris,
Cette nuit vous l'aimiez, et m'avez méprisée,
Laquelle de nous deux avez-vous abusée ?
1735 Vous lui parliez d'amour en termes assez doux.

DORANTE

Moi ! depuis mon retour je n'ai parlé qu'à vous.

CLARICE

Vous n'avez point parlé cette nuit à Lucrèce ?

DORANTE

Vous n'avez point voulu me faire un tour d'adresse,
Et je ne vous ai point reconnue à la voix ?

1. Bouche cousue.

CLARICE

1740 Nous dirait-il bien vrai pour la première fois ?

DORANTE

Pour me venger de vous j'eus assez de malice
Pour vous laisser jouir d'un si lourd artifice,
Et vous laissant passer pour ce que vous vouliez,
Je vous en donnai plus que vous ne m'en donniez.
1745 Je vous embarrassai, n'en faites point la fine,
Choisissez un peu mieux vos dupes à la mine :
Vous pensiez me jouer, et moi je vous jouais,
Mais par de faux mépris que je désavouais,
Car enfin je vous aime, et je hais de ma vie
1750 Les jours que j'ai vécu sans vous avoir servie.

CLARICE

Pourquoi, si vous m'aimez, feindre un Hymen en l'air
Quand un père pour vous est venu me parler ?
Quel fruit de cette fourbe osez-vous vous promettre ?

LUCRÈCE, *à Dorante :*

Pourquoi, si vous l'aimez, m'écrire cette lettre ?

DORANTE, *à Lucrèce :*

1755 J'aime de ce courroux les principes cachés,
Je ne vous déplais pas puisque vous vous fâchez.
Mais j'ai moi-même enfin assez joué d'adresse,
Il faut vous dire vrai, je n'aime que Lucrèce.

CLARICE, *à Lucrèce :*

Est-il un plus grand fourbe ? et peux-tu l'écouter ?

DORANTE, *à Lucrèce :*

1760 Quand vous m'aurez ouï, vous n'en pourrez douter.
Sous votre nom, Lucrèce, et par votre fenêtre
Clarice m'a fait pièce, et je l'ai su connaître ;
Comme en y consentant vous m'avez affligé,
Je vous ai mise en peine, et je m'en suis vengé.

LUCRÈCE

1765 Mais que disiez-vous hier dedans les Tuileries ?

DORANTE

Clarice fut l'objet de mes galanteries...

CLARICE, *à Lucrèce :*

Veux-tu longtemps encore écouter ce moqueur ?

DORANTE, *à Lucrèce :*

Elle avait mes discours, mais vous aviez mon cœur,
Où vos yeux faisaient naître un feu que j'ai fait taire,
1770 Jusqu'à ce que ma flamme ait eu l'aveu d'un père.
Comme tout ce discours n'était que fiction,
Je cachais mon retour, et ma condition.

CLARICE, *à Lucrèce :*

Vois que fourbe sur fourbe à nos yeux il entasse,
Et ne fait que jouer des tours de passe-passe.

DORANTE, *à Lucrèce :*

1775 Vous seule êtes l'objet dont mon cœur est charmé.

LUCRÈCE, *à Dorante :*

C'est ce que les effets m'ont fort mal confirmé.

DORANTE

Si mon père à présent porte parole au vôtre,
Après son témoignage en voudrez-vous quelque autre ?

LUCRÈCE

Après son témoignage, il faudra consulter
1780 Si nous aurons encor quelque lieu d'en douter.

DORANTE, *à Lucrèce :*

Qu'à de telles clartés votre erreur se dissipe.

À Clarice.

Et vous, belle Clarice, aimez toujours Alcippe,
Sans l'Hymen de Poitiers il ne tenait plus rien,
Je ne lui ferai pas ce mauvais entretien,
1785 Mais entre vous, et moi, vous savez le mystère.
Le voici qui s'avance, et j'aperçois mon père.

Scène 7

GÉRONTE, DORANTE, ALCIPPE, CLARICE,
LUCRÈCE, ISABELLE, SABINE, CLITON

ALCIPPE, *sortant de chez Clarice et parlant à elle :*

Nos parents sont d'accord et vous êtes à moi.

GÉRONTE, *sortant de chez Lucrèce et parlant à elle :*

Votre père à Dorante engage votre foi.

ALCIPPE, *à Clarice :*

Un mot de votre main, l'affaire est terminée.

GÉRONTE, *à Lucrèce :*

1790 Un mot de votre bouche achève l'Hyménée.

DORANTE, *à Lucrèce :*

Ne soyez pas rebelle à seconder mes vœux.

ALCIPPE

Êtes-vous aujourd'hui muettes toutes deux ?

CLARICE

Mon père a sur mes vœux une entière puissance.

LUCRÈCE

Le devoir d'une fille est dans l'obéissance.

GÉRONTE, *à Lucrèce :*

1795 Venez donc recevoir ce doux commandement.

ALCIPPE, *à Clarice :*

Venez donc ajouter ce doux consentement.

Alcippe rentre chez Clarice avec elle et Isabelle, et le reste rentre chez Lucrèce.

SABINE, *à Dorante, comme il rentre :*

Si vous vous mariez, il ne pleuvra plus guère[1].

DORANTE

Je changerai pour toi cette pluie en rivières.

1. Il n'y a aura plus de pourboires.

SABINE

Vous n'aurez pas loisir seulement d'y penser,
1800 Mon métier ne vaut rien, quand on s'en peut passer.

CLITON, *seul:*

Comme en sa propre fourbe un menteur s'embarrasse !
Peu sauraient comme lui s'en tirer avec grâce.
Vous autres qui doutiez s'il en pourrait sortir,
Par un si rare exemple apprenez à mentir.

FIN DU CINQUIÈME ET DERNIER ACTE

Du tableau

au texte

Alain Jaubert

Du tableau au texte

La Liseuse à la fenêtre
de Johannes Vermeer

… *La lettre est souvent au centre même du tableau…*

Dans *Le Menteur* de Corneille, comme dans d'innombrables comédies ou tragédies de l'âge classique, la lettre, message écrit faisant passer une information fondamentale d'un personnage à un autre, joue souvent un rôle décisif. Elle n'arrive pas à destination, son absence engendrant méprises et quiproquos, ou bien elle ne touche pas le bon destinataire, ou elle est lue par quelqu'un d'autre qui se trouve ainsi détenir un secret, ou encore elle est une fausse missive attribuée à un autre et arrivant auprès d'une personne qui va être prise au piège d'une illusion, ou surtout elle est une déclaration d'amour impossible à dire mais qui va pouvoir s'épanouir dans toute sa plénitude grâce à cette mise à distance que permet l'écriture…

Et l'art de la correspondance connaît en ces époques un développement sans précédent. Il y a des manuels pour apprendre à tailler les plumes bien sûr, et pour maîtriser la calligraphie (il est indispensable d'avoir une belle écriture pour paraître en société), mais surtout pour s'initier à l'art de la correspondance. Les Hollandais s'entichent de correspondance et apprennent auprès de maîtres français. Ils ont alors le niveau d'éducation le plus élevé d'Europe et un service postal magnifique. Solliciter une faveur, demander une audience, contacter un magistrat, exposer un témoignage, annoncer une naissance, un mariage ou une mort, saluer avec respect une personne noble ou âgée, prendre congé, remercier, féliciter : on peut apprendre à tout dire à l'aide de ces manuels à la fois savants et raffinés. Et aussi comment déclarer sa flamme à l'objet de ses pensées, par étapes progressives, en utilisant un certain vocabulaire et toute une gamme de métaphores poétiques plus ou moins recherchées selon le degré d'intimité auquel les amants sont parvenus. Pour certains, la correspondance devient un mode de vie. Voltaire, au cours de sa carrière, enverra plusieurs dizaines de milliers de lettres. Cette nouvelle façon de concevoir les rapports entre les êtres, on en trouve aussi de nombreux exemples dans la peinture des XVIIe et XVIIIe siècles. La lettre est souvent au centre même du tableau. Elle en est même parfois le moteur secret.

… le grand rideau produit à la fois un fort effet de trompe-l'œil et un vigoureux recadrage…

Debout devant une fenêtre ouverte, une femme lit une lettre. Le décor autour d'elle est dépouillé. Une table au premier plan, couverte d'un tapis. Une partie du tapis, à droite, est disposée à plat sur la table, une autre, à gauche est rassemblée en un amas montrant plis et bosses. À cheval sur ces deux zones, inclinée, une coupe en porcelaine, pleine de fruits, pommes, pêches, poires, abricots peut-être. Plusieurs fruits ont roulé hors de la coupe. À l'arrière-plan, en biais dans l'angle de la pièce, une chaise de cuir aux bords cloutés. Les deux montants du dossier sont prolongés par des têtes de lion. De la fenêtre, on perçoit une partie haute, que cache un rideau rouge, et une partie basse, un panneau rectangulaire divisé en quatre rangées de carreaux soudés par des joints de plomb. La cinquième rangée, la supérieure, montre une alternance de losanges et de trapèzes. Le battant est grand ouvert et le rideau rouge le retient d'un pli épais et rond avant de retomber derrière lui. Un autre rideau, jaune celui-là, est accroché à une tringle de cuivre au tout premier plan. Tiré vers la droite, il cache cependant une partie du champ de vision, toute une tranche verticale.

La femme est vêtue d'une robe noire surmontée d'un pourpoint de satin jaune à garnitures de velours noir. Elle est blonde, les cheveux tirés en arrière, découvrant un vaste front, et rassemblés en un gros chignon retenu par des petites tresses. Une cascade de mèches frisées retombe devant l'oreille jusqu'aux plis blancs vaporeux du col de chemise. La femme tient entre ses deux mains une lettre dépliée dont il semble qu'elle ait déjà lu la plus grande partie. Elle a la tête juste un peu inclinée mais les paupières très baissées. Sa joue est rose et contraste avec la pâleur générale de sa physionomie. Le visage et le haut du buste de la femme se reflètent dans les petits carreaux de la fenêtre.

C'est un tableau de Johannes Vermeer, peint, pense-t-on, vers 1659 à Delft. Une huile sur toile de 83 centimètres de hauteur sur 64,5 centimètres de largeur. Il passe en vente aux enchères à Amsterdam en 1712. Puis dans une autre vente, à Paris en 1742, il est acheté pour le compte d'Auguste III, Électeur de Saxe. Au cours des XVIIIe et XIXe siècles, les auteurs de catalogues des collections princières de Dresde l'attribuent tour à tour à

Rembrandt, à Govert Flinck (il est reproduit sous ce nom en gravure dès 1783), à Pieter de Hooch, enfin, à partir de 1862, à Vermeer, comme cela avait été soupçonné à plusieurs reprises (il y a des traces de signature dans le fond à droite). Plusieurs analyses scientifiques ont confirmé de façon définitive cette attribution. Saisi par l'Armée rouge avec les autres collections du musée de Dresde, le tableau reste en U.R.S.S. de 1945 à 1955, puis il est restitué à la République démocratique allemande.

Nous sommes dans un intérieur hollandais du XVIIe siècle. Cela pourrait paraître banal, tous les peintres hollandais ayant montré de semblables intérieurs. Chez Vermeer, ça ne l'est pas. Car le peintre se sert des pièces de la maison qu'il habite, près de la place du Marché à Delft, comme autant d'ateliers successifs. Ainsi on retrouve cet angle de pièce dans deux autres tableaux : *La Laitière* (Amsterdam, Rijksmuseum) et *Soldat et jeune fille souriant* (New York, The Frick Collection). On découvre dans ce second tableau que la fenêtre comporte deux battants : on n'en voit qu'un dans *La Laitière* comme dans *La Liseuse à la fenêtre.* Et l'on comprend donc que la lumière qui éclaire le grand rideau vertical vient du second battant. Et il y a là tout le système de Vermeer. S'il n'a pas d'atelier propre, il utilise toutes les ressources architecturales des maisons de Delft (la sienne et peut-être d'autres) et principalement les fenêtres. Elles sont si particulières qu'elles permettent de moduler finement la pénétration de la lumière. À ce dispositif Vermeer ajoute des rideaux qui lui permettent de moduler encore son éclairage et aussi de transformer son cadre. Ici le grand rideau crée un premier plan très présent et produit à la fois un fort effet de trompe-l'œil et un vigoureux recadrage.

... toutes ces matières caressées par la lumière...

Autre marque de Vermeer : les objets. Outre cette fenêtre, il y a la chaise à têtes de lion qui apparaît dans au moins une dizaine d'autres tableaux. Par exemple *La Jeune fille endormie*, où l'on retrouve aussi le tapis replié sur la table et la coupe de fruits en porcelaine. Vermeer redistribue quelques objets choisis dans chacun des cadres qu'il met en scène : chaises, tables, tapis, cartes murales, tableaux, pichets. Et aussi bijoux (collier de perles ou pendentifs), vêtements... D'où cette sensation de déjà vu, d'univers familier, de répétition *sérielle* qui sera, bien plus avant dans l'histoire de la peinture et des autres arts, une des formes de la modernité.

Le mode singulier de capture de la lumière induit le choix des couleurs. C'est une lumière du soir, horizontale, très jaune. Le rideau vertical de droite, le mur du fond, le pourpoint de la femme répètent cette nuance avec des modulations verdâtres. Avec malice, Vermeer a choisi la couleur de plusieurs objets en fonction de cette dominante : la tringle de cuivre, les cheveux de la femme, plusieurs fruits. S'y opposent vivement, en contrepoint, les éclats rouges du premier rideau et du tapis. Le modelé est ferme, la touche énergique. Plus tard, Vermeer aura une manière plus douce. Pour l'instant, sa touche est épaisse, surtout dans les parties claires. Elle rend compte des structures complexes des objets : par exemple, le rideau rouge est fin et souple alors que l'autre est raide et rêche. De même, on ressent la texture hérissée et fibreuse du tapis au premier plan. Dans la transparence des carreaux de la fenêtre, on perçoit les petits défauts, les légères ondulations du verre moulé. Il en est de même pour les cheveux de la femme, pour le velours et le satin, comme pour la peau des fruits.

Enfin, toutes ces matières caressées par la lumière sont marquées de petits points lumineux posés à la pointe du pinceau, des sortes de grains de lumière. Sur les bords de la lettre, sur les fruits, sur les parties éclairées du tapis, sur les manches du pourpoint, dans les cheveux. Ces points de « lumière », en fait de minuscules touches de pigment plus clair, ont peut-être été inspirés à Vermeer par les effets des lentilles optiques. On pense que le peintre a connu et parfois utilisé la *camera oscura*, une boîte en bois équipée d'un verre dépoli et d'un objectif à lentilles, l'ancêtre de notre appareil photographique. Cet instrument lui aurait permis de choisir ses cadrages, de mettre en place ses lignes de perspective. Et comme les lentilles n'étaient pas parfaites, elles créaient souvent des halos lumineux à partir des points les plus brillants des objets observés. Un phénomène que les myopes et les astigmates connaissent bien.

... le point de fuite se situait au milieu du bas du cadre de ce Cupidon...

Évoquer la *camera oscura* impose de s'interroger aussi sur les rapports de Vermeer avec la perspective. On ne connaît rien de l'apprentissage du peintre mais on sait qu'il était, comme tous ses contemporains en Hollande, passionné par les problèmes d'optique et de perspective. Le choix des angles de pièce devant les fenêtres témoigne de son souci d'enfermer sa composition dans un emboîtage rigoureux. Dans la plupart de ses tableaux à champ assez large, Vermeer montre le mur du fond et le mur de gauche, celui qui porte la ou les fenêtres, sources de lumière. Il construit une perspective très frontale à l'intérieur de ce dièdre : le regard vient toujours buter perpendiculairement sur le mur du fond.

Dans *La Liseuse à la fenêtre*, Vermeer a placé au premier plan le lourd rideau qui ferme ainsi une bonne partie du cadre et renvoie vers la gauche. Il a fait de même avec la table, qui crée un premier plan très présent entre le spectateur et la femme qui se retrouve ainsi éloignée et enfermée dans le seul espace libre et vide au centre du tableau. Vermeer a peint debout, dominant son sujet : on voit une grande partie du dessus de la table, le dessus de la lettre et l'entablement de la fenêtre. Dans la majorité des autres tableaux, le regard du peintre (donc du spectateur) se situe plus bas, juste au-dessus des tables, comme s'il avait travaillé presque toujours assis.

Souvent les lignes convergent vers un point de fuite situé dans une zone caractéristique sur laquelle le peintre veut attirer l'attention. Vermeer construisait avec beaucoup de soin ses lignes en plantant une punaise au point de fuite (on a retrouvé la trace du trou dans la plupart de ses peintures) et en tendant des ficelles à partir de ce point. Dans *La Liseuse à la fenêtre*, le point de fuite est situé un peu en arrière de la tête de la femme (ce qui semble indiquer que le peintre n'est guère plus grand qu'elle) et paraît au premier regard ne correspondre à rien de particulier. Mais la radiographie du tableau a fait découvrir qu'à l'origine il n'en était rien. Dans la version première, sur le mur du fond, Vermeer avait peint un tableau, un Cupidon debout tenant son arc dans la main droite et brandissant une petite carte rectangulaire dans la main gauche. Un tableau qu'on voit aussi dans *Dame debout au virginal* (Londres, National Gallery), dans *La Leçon de musique interrompue* (New York, Frick Collection) et en partie seulement dans *La Jeune Fille endormie* (New York, The Metropolitan Museum). Attribué à Caesar von Everdingen, ce tableau, qui n'a pas été retrouvé, appartenait peut-être à Vermeer.

Dans *La Liseuse*, le point de fuite se situait au milieu du bas du cadre de ce Cupidon. Et les lignes de fuite entraînaient par là le regard d'abord vers le petit dieu de l'amour. Vermeer a dû trouver l'effet trop appuyé, il l'a fait disparaître sous une couche de peinture figurant le mur du fond, de même qu'il a caché sous le rideau un très grand verre situé au premier plan à droite. Il a aussi effacé un autre verre posé sur la table. Vermeer a recherché un plus grand dépouillement, n'hésitant pas à laisser au-dessus de sa liseuse un vide ressenti comme vaste par le spectateur, et encore renforcé par la chute vertigineuse du rideau jaune verdâtre. Et, coïncidence voulue, il a tiré ce rideau jusqu'au point de fuite précisément.

… le spectateur a compris que la femme lit une lettre d'amour…

Une lettre donc. Lorsqu'il s'agit d'une scène biblique ou historique, il est aisé d'imaginer le contenu de la missive, il suffit de faire appel à sa mémoire, à son érudition : ainsi la lettre que tient Bethsabée dans le tableau de Rembrandt. C'est une lettre de David et on sait que toute la suite de l'histoire va être déclenchée par ce simple message. Dans notre tableau, rien de tel. On pourrait penser *a priori* que nous sommes en face d'un moment neutre, d'une scène pure, dépourvue de toute anecdote, la simple lecture d'une missive. Mais ce constat n'est pas satisfaisant. Le paradoxe de ce genre de mise en scène où une lettre joue le rôle central, c'est que le spectateur est volontairement laissé dans l'ignorance du contenu. Il devrait par conséquent être déçu, se désintéresser de l'image qu'on lui montre. Or c'est justement cette incertitude qui laisse l'œuvre tout à fait ouverte et qui ranime la curiosité. Le spectateur recherche du sens, du détail, du piquant. Il veut en savoir plus. Il veut comprendre pourquoi on lui montre cette scène et pas une autre. Aurait-elle un sens secret ? trivial ? allégorique ?

Reprenons les détails. C'est une jeune femme, pas une matrone. Une bourgeoise, pas une servante. Elle s'est isolée dans un coin de la maison, protégée des intrusions de la famille ou de visiteurs par une table et un rideau. Elle lit en baissant les yeux, mais elle a gardé la tête assez haute pour pouvoir mieux guetter autour d'elle. Elle a presque fini la lettre. Elle a les joues rouges. Même s'il ignore l'ancienne présence du Cupidon dans la première version, le spectateur a compris que la femme lit une lettre d'amour, une lettre qui sans doute lui a été adressée par un amoureux secret. Mais attardons-nous un moment sur ce petit personnage mythologique. Il s'inspire d'un emblème classique : le dieu enfant est le messager, le « facteur » des amoureux. Il montre une carte à jouer, souvent un as, pour bien affirmer que l'amour est unique et qu'on ne peut vraiment aimer qu'une seule personne. Vermeer a dû penser que les détails déjà rassemblés suffisaient et que l'emblème alourdissait le tableau : il l'a donc effacé.

Le visage de la jeune femme affiche une légère mélancolie. Elle a les lèvres un peu entrouvertes. Elle est à la fois attentive et inquiète, excitée et prudente, absorbée et vigilante. Elle pourrait être surprise, on pourrait lire ce qu'elle lit, pis encore, lire dans son âme. Les carreaux de la fenêtre servent de miroir, mais ce reflet ne nous apprend rien de plus sur la femme. En effet, cette autre partie de son visage que nous découvrons grâce au reflet est floue, ce n'est qu'un vague masque fantomatique. La fenêtre ouverte met seulement le personnage en contact avec l'extérieur, l'extérieur où se trouve l'être aimé et d'où vient la lumière chaude.

Alors, que dire d'autre sinon notre ignorance ? Quand même, il faut bien regarder encore et s'interroger sur le sens profond de cette scène. « Scène secrète secrètement regardée », dit le biographe moderne de Vermeer, John Michael Montias. Voilà peut-être la solution de l'énigme : il y a dans ce tableau deux doubles sens finement emboîtés. D'abord la femme regarde avec attention la surface de cette lettre comme nous, spectateurs, regardons la surface du tableau. Mais ce spectateur, quel rôle joue-t-il ? Il est dans la position d'un observateur discret, très discret même. Quelqu'un, un homme forcément, qui serait entré sans bruit dans la pièce et qui découvrirait la jeune femme captive de son extase craintive et secrète. Mais cet observateur n'en saura pas plus : les barrages accumulés — table avec tapis entassé et empilement de fruits, épais rideau vertical — sont aussi là pour renforcer l'idée d'inaccessibilité. La femme aura le temps de faire disparaître la lettre ou de la détruire avant qu'on puisse s'approcher d'elle.

Et en fin de compte, cet intrus, c'est Vermeer lui-même. Trente-quatre tableaux connus. Six fois des lettres au centre de la composition, des lettres illisibles, insaisissables. Trente fois des personnages féminins. Ce que

Vermeer nous montre et, du même coup, nous demande de partager avec lui, c'est sa perplexité face au monde des femmes. Il est un des premiers peintres modernes à traduire cette faille qui, depuis toujours, coupe la société en deux camps, deux cultures souvent irréductibles. Il ne cherche pas à comprendre (à lire les lettres), il se borne à observer, avec tendresse et mélancolie.

Un critique britannique, un des meilleurs analystes de l'œuvre de Vermeer, a bien montré d'où venait cette impression d'étrangeté candide et morose : « L'artiste a beau aimer le monde de toutes ses forces, il a beau s'en saisir à bras-le-corps, jamais, en vérité, il ne parvient à le posséder. Si fières que soient les allures qu'il se donne — celles de tout voir, tout maîtriser, tout engloutir —, les formes réelles de la vie demeurent hors de toute atteinte. »

Le texte

---

en perspective

Geneviève Winter

Mouvement littéraire

Vertige baroque, variations précieuses, prémices théoriques du classicisme

AU MITAN DE LA CARRIÈRE exceptionnellement longue de Corneille (1606-1684), la représentation du *Menteur*, en 1644, puis sa publication placent cette œuvre au confluent de divers courants, sans qu'on puisse pour autant la classer dans un mouvement littéraire facile à nommer et à dater. Comédie joyeuse, *Le Menteur* ne correspond pas du tout à la vision conventionnelle, aujourd'hui périmée, du théâtre de Corneille, réduit aux cinq tragédies le plus couramment étudiées, du *Cid* à *Polyeucte*, et assimilée au modèle classique. Un parallèle fameux a d'ailleurs figé la totalité du théâtre cornélien en une figure imposée de la tragédie politique, opposée artificiellement à la tragédie de la passion amoureuse, tout entière attribuée à Racine.

C'est oublier qu'en 1643 la doctrine classique n'existe pas encore de façon structurée, non plus d'ailleurs que le terme « classicisme », inventé au XIXe siècle pour qualifier les œuvres modelées par l'esprit et les règles en vigueur sous le règne effectif de Louis XIV (1662-1715). *Le Menteur* jaillit, avant cette époque, de la plume heureuse d'un dramaturge déjà célèbre. Quelques mois après son ministre Richelieu, Louis XIII vient de mourir dans une période d'intense création littéraire et artistique dont les contours sont difficiles à tracer.

Si les règles de la doctrine classique se constituent peu à peu, plusieurs tendances esthétiques, regroupées très récemment sous le terme large de « baroque », s'expriment dans la mouvance des courants de pensée philosophiques et religieux qui agitent le siècle.

1.

Enthousiasme et orgueil

1. *L'enthousiasme héroïque et ses contradictions*

Siècle héroïque, cette période tourmentée combine la naissance de l'État centralisateur avec l'exaltation des valeurs chevaleresques portées par l'aristocratie, et sa morale où l'orgueil le dispute à la générosité. Après le divorce inéluctable entre l'humanisme, authentique acte de foi en l'homme, et la culture religieuse dominante en Europe, celle de la royauté de droit divin, la violence des affrontements entre grands seigneurs catholiques et protestants pendant les guerres de Religion a incité le pouvoir central à contrôler leur énergie guerrière en renforçant les structures de l'État. En réaction à cette reprise en main, qui passe par une répression du recours abusif au duel, toute la première partie du siècle est habitée par la figure littéraire et dramatique du *héros,* symbole de l'attachement paroxystique des Grands au culte de l'honneur. Au théâtre, la forme esthétique à la mode au temps où le jeune Corneille se lance dans la carrière est celle de la tragi-comédie. Le coup d'éclat de Corneille, célèbre pour *Le Cid* dès 1637, prolonge le succès de la *Sophonisbe* de Mairet (1634) ou du fameux *Saint Genest* (1645) de Rotrou.

La vigueur de Rodrigue, appelé à « construire l'État » à la place d'un souverain arbitre et sans grand pouvoir, incarne avec panache, dans un genre qui raffole des intrigues violentes à rebondissements et à fin heureuse, les rêves de puissance d'une noblesse dont on sait qu'elle sera balayée, après les combats des deux Frondes, par l'absolutisme louis-quatorzien.

Un des termes clés de la littérature et du théâtre de ce temps, appelé à une grande fortune, résume ces aspirations : celui de « gloire », qui désigne l'image de soi conforme à l'idéal aristocratique. Un vers blanc de Molière mis dans la bouche d'un grand seigneur dont le fils, Dom Juan, outrage les vertus féodales, résume dans la comédie éponyme cette splendeur menacée : « La naissance n'est rien où la vertu n'est pas. » L'exaltation héroïque ne se sépare pas pourtant, en une période troublée par des guerres incessantes, d'une inquiétude permanente. La tension durablement installée par le souvenir des guerres civiles religieuses a créé une sorte de vertige, entretenu par la réaction catholique à l'influence du protestantisme et notamment du calvinisme, qui s'est organisée après le concile de Trente (1545-1563). Il s'agit, pour l'Église, de répondre aux reproches et aux leçons d'humilité des protestants par la célébration d'un monde immense et illisible pour l'homme ordinaire, en deçà du sacré. Ce courant, dit de la Contre-Réforme, a trouvé son expression dans un art sacré, essentiellement architectural et soutenu par l'influence des jésuites. Le mouvement « baroque », structuré sur le plan littéraire en Italie et dans une Espagne très chère à Corneille, rappelle à un homme qui ne se prétend pas encore « maître et possesseur de la nature », l'inconstance d'un monde soumis à de multiples métamorphoses, à un vertige de la profondeur, au caractère insaisissable des choses, que rendent sensibles la ligne courbe, les effets de miroirs et de *mise en abyme*. On ne peut l'identifier en France qu'à l'état de traces : on aurait bien surpris Agrippa d'Aubigné (1552-1630) en qualifiant son immense poème des *Tragiques* à la gloire des martyrs protestants écrasés par les guerres de Religion d'épopée « baroque ». Il n'échappe pas, cependant, comme Ronsard, le poète de l'autre parti, dans ses dernières œuvres à cette influence. Quand on relit, *a posteriori*, l'œuvre de Montaigne, on peut retrouver ce vertige dans l'analyse de l'âme humaine. Plus proche encore de la tension baroque, la poésie de ces hommes libres que furent Mathurin Régnier (1573-1613), Théophile de Viau (1590-1626) et Saint-Amant (1594-1661) se caractérise par des contradictions entre les contraintes de la forme fixe et la provocation du propos. Dans sa veine burlesque, le spectaculaire baroque habite le *Roman comique* de Scarron. On retrouve son effervescence dans la tragi-comédie et, quelques années avant *Le Menteur*, c'est Corneille qui donne à cette esthétique de l'illusion, de l'irrégularité, sa forme théâtrale dans *L'Illusion comique* (1636). On y trouve l'expression la plus achevée de l'incandescence baroque à la scène, telle que l'a imaginée le dramaturge espagnol Calderón, dans son œuvre monde, *La vie est un songe* (1631).

2. *L'effervescence romanesque et le courant précieux*

S'il est presque impossible de dessiner les contours d'un baroque français en littérature, cette influence croise, par le biais d'un thème, la passion et l'inconstance amoureuses, une tendance majeure de la littérature française à cette époque, le courant précieux. Avant de se donner ce nom, en 1654, à son apogée, la préciosité, née de la rencontre entre l'évolution des mœurs et une attente esthétique, infléchit durablement la vie et la production littéraires.

Dans le cadre mondain d'un salon aristocratique, celui de la marquise de Rambouillet, le cercle réuni dans la « Chambre bleue » veut opposer à la grossièreté affichée par une frange de la Cour le raffinement de jeux de l'esprit, inventés par les adeptes de la conversation brillante entre gens de qualité. Autour de thèmes apparemment frivoles, essentiellement la casuistique amoureuse, c'est-à-dire l'étude des situations qui jalonnent la conquête d'une femme noble par un soupirant patient et assidu, la littérature précieuse se déploie dans les deux domaines favoris d'un siècle héroïque : le roman mis à la mode par le récit-fleuve d'Honoré d'Urfé, *L'Astrée*, écrit entre 1607 et 1628, et la poésie.

Entre les artifices mondains de la poésie de salon ou le cadre idylliquement pastoral des *Bergeries* de Racan, la littérature précieuse invente, à partir de motifs récurrents promis à une belle postérité, un langage poétique abstrait, imprégné d'une rhétorique savante et de procédés complexes qui privilégient les métaphores filées ou *in absentia*, qui sollicitent l'imagination des auditeurs et des lecteurs, les énigmes, les compositions spiralées. Peu efficace au théâtre, la préciosité, avant de se voir raillée par Molière pour ses excès, joue un rôle déterminant dans la création du sonnet à la française, et participe, comme l'attestent certaines œuvres de Malherbe, futur théoricien de la langue, de la connivence entre la sensibilité baroque et l'art classique en construction. Phénomène sociologique important, la préciosité correspond, dans les « ruelles » réservées à l'aristocratie et à la bourgeoisie cultivée, à l'émergence d'un rôle nouveau pour les femmes, reines dans la relation amoureuse, plus audacieuses dans leur vie sociale. On retrouve dans le statut des jeunes premières de la comédie cette évolution et l'on sait Corneille auteur de « Stances à Marquise » de l'eau la plus précieuse. On lit plus volontiers aujourd'hui le bouquet poétique, offert, sous le titre de la *Guirlande de Julie*, par le comte Charles de Montausier, à l'issue d'une cour interminable, à sa fiancée Julie d'Angennes que les romans de Mlle de Scudéry, comme *Ibrahim* (1641) et, plus tard, *Clélie*. Mais la préciosité a surtout contribué à l'apparition d'un état d'esprit caractéristique du siècle d'or de la conversation, la galanterie.

Vieilli aujourd'hui dans la plupart de ses acceptions, le terme désignait déjà alors le goût pour les intrigues amoureuses, naturellement vivace dans une société de cour. Définie par le moraliste La Rochefoucauld (1613-1680) comme « l'art de dire des choses flatteuses d'une manière élégante », la « galanterie de l'esprit » connote pendant tout le siècle une valeur sociale et intellectuelle proche de l'« honnêteté ». Associée à la magnificence, elle se traduit par un langage spécifique devenu une obligation et un signe de reconnaissance. Victimes ou bourreaux, les amants de la tragédie classique, soumis à de rudes conflits politiques, mais aussi les amoureux de la comédie ne peuvent exprimer autrement leurs sentiments. C'est ce type d'expression qu'attend le public majoritairement cultivé que les comédies de Corneille ont voulu conquérir en donnant ses lettres de noblesse à un genre bas et méprisé.

3. *Désir et liberté, moi et raison*

Il faut enfin compter, à l'horizon de la représentation du *Menteur*, l'influence d'un courant de pensée minoritaire, hérité de la philosophie érudite du XVIe siècle et connu sous le nom de *libertinage*. Chrétien respectueux de l'ordre et de la morale de son temps, soucieux, on le verra, de réalisme social, Corneille ne peut porter sur la scène la séduction du mensonge sans tenir compte de la réalité sociale. Or, tandis que les vrais libertins, athées, se cachent, l'aristocratie compte parmi ses membres des mondains qui s'autorisent à vivre dans une distance critique par rapport au savoir officiel et à la religion, dans un équilibre subtil entre les exigences d'un « moi » orgueilleux et les limites imposées non par la tradition mais par le recours à la raison.

Individualisme affiché, esprit critique très développé, le libertin de pensée, dans la forme mondaine qui prévaut dans la comédie, ne se présente pas, contrairement au personnage de Dom Juan dans la comédie éponyme de Molière (1665) et aux libertins de mœurs du XVIIIe siècle, comme un être de transgression.

Comme le manipulateur Alidor, inventé par le jeune Corneille dans *La Place Royale*, il conserve l'apparence des valeurs héroïques du moment : élégance du corps, éclat de l'esprit et morale chrétienne. Mais il vit constamment dans une dialectique « du jeu et de la profondeur » et, sous les dehors de l'honnête homme, fait reposer toute son influence sur la séduction et la duplicité.

2.

La généralisation progressive des codes et des règles

1. *De nouveaux publics, des écrivains en quête d'identité*

En 1644, les fameuses règles de la dramaturgie classique, connues et généralisées sans faire l'objet d'un texte théorique définitif, exercent une forte influence sur la création esthétique. L'unité qu'elles vont donner, un peu artificiellement, au siècle, a partie liée avec l'attente du public ou plutôt des publics. En effet, la forte coïncidence entre la vie littéraire et la vie sociale explique le succès du théâtre. Cérémonie mondaine très ritualisée, la représentation théâtrale devient le moyen le plus agréable de voir et de se faire voir, dans une société dominée par le goût de la conversation et du spectacle. La conjonction de ces attentes participe de ce qu'on a pu appeler la « naissance de l'écrivain », c'est-à-dire l'accès de l'artiste à un statut fondé moins sur son emploi par un commanditaire que sur sa valeur intrinsèque, encouragé par la coexistence de trois types de publics : la Cour, dont le pouvoir est subordonné à la nécessité de paraître, mais qui reste numériquement faible ; les « doctes », dont les débats qui ont déjà censuré Corneille alimentent l'activité des institutions et relaient l'autorité de Richelieu ; enfin, un public élargi à la bourgeoisie cultivée, celle qui se retrouve dans les comédies de Corneille et s'épanouira dans la « grande comédie » de Molière.

2. *La politique de Richelieu et le mécénat d'État*

Outre son goût de l'art dramatique, déterminant dans l'assouplissement de la censure tantôt implicite, tantôt explicite qui pèse sur le théâtre et maintient les comédiens dans l'opprobre, la politique de Richelieu développe une forme de mécénat essentielle à la constitution du théâtre en art majeur. Au système de protection existant, inscrit dans une relation individuelle entre une sorte de « patron », commanditaire des œuvres de l'artiste, et un créateur limité dans son initiative, payé pour faire connaître le nom de son protecteur, Richelieu va ajouter le mécénat d'État et instaurer une politique que Louis XIV érigera en système au service de sa gloire. Bénéficiaire de « gratifications » royales, l'artiste ne devient certes pas libre. Mais l'argument d'autorité que suppose une commande royale transforme son rôle et déplace le regard du public du commanditaire vers l'œuvre. Ressentie comme une demande du pouvoir et un intérêt d'État, la production artistique ne peut qu'être intéressante. L'écrivain, le dramaturge y gagnent une reconnaissance et une dignité essentielles sans lesquelles ni Corneille, ni Molière, ni Racine n'auraient pu se réaliser dans leur temps et accéder à une flatteuse postérité.

Témoin de cet anoblissement de la chose littéraire, la fondation de l'Académie française (1635), décidée par Richelieu, structure les deux grandes ambitions du ministre : la formation d'une langue nationale élégante et châtiée — et le pari fut, on le sait, réussi — et l'expansion d'une littérature digne du souverain.

3. *La montée des institutions et la constitution des règles*

Dans ces conditions, la généralisation des règles et la définition d'un code esthétique dominant traduisent autant le souci de réguler la compétition entre artistes avides de reconnaissance que de donner cohérence au reflet de son pouvoir que le souverain veut laisser au siècle. En concentrant sur le genre tragique l'essentiel de leurs prescriptions, les théoriciens de la dramaturgie classique affirment la primauté des genres nobles entre 1630 et 1640. Ils s'inspirent, en reprenant la tradition humaniste, des écrits des Anciens, relus par les critiques de la Renaissance. La *Poétique* d'Aristote (384-322 avant J.-C.) qui ne consacre que quelques pages à la comédie, l'*Art poétique* d'Horace (65-8 avant J.-C.) fournissent les modèles grecs et latins. Le texte de l'érudit hollandais Heinsius, *Constitution de la tragédie* (1611), n'est pas sans influence sur les bréviaires théoriques fondateurs du dogme de la vraisemblance, des bienséances et des trois unités comme la *Lettre sur la règle des vingt-quatre heures*, le *Discours sur la tragédie* (1639) de Sarasin, la *Poétique* de La Ménardière (1640).

Cette réflexion théorique prend appui sur le poids des institutions. Avec la *Querelle du Cid*, le rôle d'arbitre entre le public et les doctes, joué par l'Académie, qui prend acte du succès exceptionnel de l'œuvre mais commande à Georges de Scudéry les *Sentiments de l'Académie sur « Le Cid »* (1637) pour imposer à Corneille une norme, confirme cette volonté de régulation, transformée par les grands écrivains en contrainte créative. L'influence considérable de l'abbé d'Aubignac (1604-1676), proche de Richelieu et très critique à l'égard de

Corneille, s'exerce alors moins par ses écrits, puisque sa *Pratique du théâtre* paraîtra seulement en 1657, que dans un magistère sourcilleux et une sorte d'Académie parallèle dite des *Belles-Lettres*.

4. *La gloire du théâtre*

C'est aussi grâce à l'ouverture, voulue par Richelieu, de lieux appropriés qu'augmentent la diffusion et le prestige du théâtre. Lourdement censurée par l'association médiévale des Confrères de la Passion, détentrice d'un monopole sur les représentations parisiennes depuis 1518, la salle de l'Hôtel de Bourgogne accueille d'autres troupes et s'ouvre aux comédiens ambulants et aux meilleures troupes comme celle des Comédiens du Roi. Fréquentée par un public de plus en plus élégant et raffiné dans les années 1630, cette salle exiguë est rapidement concurrencée par le théâtre du Marais, où Corneille fait représenter *Le Menteur*.

Subventionnés, portés aux nues, les comédiens accèdent à une nouvelle dignité, comme les dramaturges. Bien avant que Voltaire, élève des jésuites, adeptes pédagogiques du théâtre, ne célèbre dans *Le Siècle de Louis XIV* la réussite du Roi-Soleil, Corneille n'exagère nullement l'influence de son art lorsqu'il fait dire au magicien Alcandre, dans *L'Illusion comique* (1636) :

> [...] À présent le théâtre
> Est en un point si haut que chacun l'idolâtre,
> Et ce que votre temps voyait avec mépris
> Est aujourd'hui l'amour de tous les bons esprits,
> L'entretien de Paris, le souhait des provinces,
> Le divertissement le plus doux de nos princes,
> Les délices du peuple, et le plaisir des grands ;
> Parmi leurs passe-temps il tient les premiers rangs,

Et ceux dont nous voyons la sagesse profonde
Par ses illustres soins conserver tout le monde,
Trouvent dans les douceurs d'un spectacle si beau
De quoi se délasser d'un si pesant fardeau.

Petite bibliographie des œuvres baroques

1607-1627 Honoré d'Urfé, *L'Astrée.*
1620 Racan, *Les Bergeries,* pastorale dramatique.
1611 Daniel Heinsius, *Constitution de la tragédie.*
1621-1623-1626 Théophile de Viau, *Œuvres.*
1623-1661 Saint-Amant, *Œuvres.*
1630 Faret, *L'Honnête Homme ou l'Art de plaire à la Cour.* Jean Chapelain, *Lettre sur la règle des vingt-quatre heures.*
1631 Calderón, *La vie est un songe.*
1632 La Mothe le Vayer, *Quatre dialogues.*
1634 Jean Mairet, *Sophonisbe.* Jean Rotrou, *Hercule mourant,* tragédie.
1636 Corneille, *L'Illusion comique.*
1637 Corneille, *Le Cid.* Descartes, *Discours de la méthode.* Georges de Scudéry, *Observations sur « Le Cid ».* Chapelain, *Sentiments de l'Académie sur « Le Cid ».*
1639 Jean-François Sarasin, *Discours sur la tragédie.*
1640 La Ménardière, *Poétique.*
1643-1648 Scarron, *Recueil de quelques vers burlesques.*
1643 Scarron, *Jodelet ou le maître valet.*

Pour prolonger la réflexion

Paul BÉNICHOU, *Morales du Grand Siècle,* Gallimard, 1948 ; rééd. « Folio essais », n° 99.

René BRAY, *La Préciosité et les Précieux,* Paris, Nizet, 1968.

Roger LATHUILLIÈRE, *La Préciosité,* Droz, 1969.

Jean ROUSSET, *Anthologie de la poésie baroque française,* Paris, Armand Colin, 1962. *La Littérature de l'âge baroque en France. Circé et le Paon*, Paris, José Corti, 1953.

Bernard CHEDOZEAU, *Le Baroque*, Paris, Nathan, 1989.

Alain VIALA, *Naissance de l'écrivain*, Paris, Éditions de Minuit, 1985.

Genre et registre

Une comédie pour les honnêtes gens

LE TRIOMPHE DE LA COMÉDIE dans les années 1660, grâce à l'œuvre de Molière notamment, peut abusivement laisser croire que cette forme de spectacle s'est facilement constituée en genre. Il n'en est rien, et l'acception très vague des termes « comédie » et « comique » jusqu'au règne de Louis XIV en témoigne. L'illusion « comique » de Corneille désigne avant tout l'illusion « théâtrale » et la notion de comédie n'inclut pas nécessairement la visée du rire. Le *Dictionnaire* de Furetière (1690) définit en ces termes le mot « comédie » : « Pièce de théâtre composée en prose ou en vers pour représenter quelque action humaine et se dit en ce sens des pièces sérieuses ou burlesques. » Le *Dictionnaire* précise : « Se dit dans un sens plus étroit pour désigner une farce ou une facétie. »

Il est vrai que les pièces, ou plutôt les improvisations et textes destinés à faire rire, restent affectées d'une très mauvaise réputation, conforme à ce qu'étaient, dans l'Antiquité et particulièrement à Rome, les spectacles bas, proches, au mieux, de la farce. Corneille invente donc un genre, appelé à se distinguer des trois formes d'expression dramatique en vigueur dans les années 1630 : la *farce,* trop vulgaire pour répondre aux attentes d'un nouveau public, la *pastorale*, issue du courant précieux et peu crédible sur scène, et enfin la *tragicomédie*. Tandis que ces deux derniers genres puisent aux mêmes sources d'inspiration que le roman, le développement de ce qu'on appellera la « grande comédie », dans les années 1630-1640, doit beaucoup aussi à deux influences étrangères, la comédie italienne, nourrie de la *commedia dell'arte*, et la comédie à l'espagnole, dont *Le Menteur* constitue le seul exemple vraiment réussi en langue française.

1.

Le projet cornélien et le renouveau de la comédie

1. *À la conquête d'un public raffiné : le rejet de la farce*

Au moment où il compose *Le Menteur*, Corneille dispose déjà d'une large expérience de dramaturge. Avant *Le Cid* et les tragédies régulières composées dans le sillage de ce chef-d'œuvre, pendant que se constituent les règles, ses cinq premières comédies, de *Mélite* (1630) à *La Place Royale* (1634), dessinent moins un cadre qu'elles ne créent un univers, très personnel, attaché à transformer un genre manifestement populaire en l'élevant. Il s'agit d'abord de se distinguer des farces grossières, limitées à un comique verbal d'improvisation, peu influencé par l'esthétique beaucoup plus intéressante et le jeu stylisé de la *commedia dell'arte* que seul Molière saura intégrer à sa propre création. À l'Hôtel de Bourgogne ou sur les Tréteaux de Tabarin, sur le

Pont-Neuf, on joue encore ce type de divertissement grossier, proche des moments carnavalesques du Moyen Âge où le défoulement collectif traduisait le renversement provisoire de l'ordre social et de la hiérarchie des valeurs.

Si le rôle du valet Cliton dans *Le Menteur* est confié à un des acteurs les plus célèbres de la farce, Jodelet (Julien Bedeau), également employé par Scarron, le texte offert par Corneille à son jeu relève le personnage : il est déjà le type littéraire du valet de comédie que l'on retrouvera, avec ses vices, mais aussi dans une dynamique scénique spectaculairement efficace.

2. *Dans le goût du temps, le romanesque et l'influence de la pastorale*

Venue elle aussi d'Italie, porteuse de la mémoire virgilienne, la *Pastorale dramatique* dont on a pu noter la fièvre dans les années 1625-1635 structure en arrière-plan toutes les comédies de Corneille, et plus largement toute la littérature de l'époque.

Elle se définit par un cadre, le *locus amoenus* (« lieu idyllique ») où se déploient les amours de bergers et de bergères à la psychologie complexe. Frères des héros de roman, comme ceux de *L'Astrée*, cousins, par leurs monologues élégiaques, des voix lyriques de la poésie amoureuse, les personnages de la pastorale débattent de l'amour dans des intrigues conventionnelles et assez longues. *Les Bergeries* (1620) de Racan, la *Silvanire* (1629) et la *Sylvie* (1626) de Jean Mairet fournissent par là le modèle formel de la grande comédie : en cinq actes et en vers, elle rallonge la durée de la pièce. Et surtout, les intrigues encombrées d'obstacles à la réalisation des vœux amoureux peuvent connaître une issue tragique ou comique, ce qui laisse une assez grande liberté dans le choix du registre. Les deux premières comédies de Corneille, *Mélite* (1629) et *La Suivante* (1634), se rattachent directement à ce modèle, mais ce sont déjà des comédies de mœurs. Après *L'Illusion comique*, *Le Menteur* réaffirme la comédie non pas comme le lieu du rire grossier, mais comme le royaume de l'amour et de l'intrigue. L'originalité de Corneille apparaît dès qu'on confronte ses premières comédies aux *Vendanges de Suresnes* de Du Ryer (1633), simple transposition au XVIIe siècle de la pastorale.

3. *Réalisme et vraisemblance au-delà des modèles*

Peu à l'aise dans cette ambiance éthérée, voire artificielle, Corneille ne s'en satisfait pas longtemps, mais il en conserve l'élégance, le goût pour l'analyse des sentiments amoureux et les intrigues. Homme de théâtre avant tout, le futur théoricien des *Discours sur le poème dramatique* (1660) donne la primauté à l'intrigue, à l'illusion théâtrale, au réalisme des sentiments et des propos qui l'expriment. Il s'écarte de l'exotisme à la mode et des conventions pour situer ses œuvres dans le lieu qui parle le plus à ses contemporains, le Paris de la *Galerie du Palais* et de *La Place Royale* : l'intrigue amoureuse se déroule à quelques mètres des « Tuileries, / Le pays du beau monde, et des galanteries » (*Le Menteur*, I, 1). Le ressort principal de la comédie, la confusion entre deux femmes, est entretenu par leur domicile lorsque le valet fait parler le cocher de Lucrèce (I, 4) :

> CLITON
>
> « La plus belle des deux, dit-il, est ma Maîtresse,
> Elle loge à la Place, et son nom est Lucrèce. »
>
> DORANTE
>
> Quelle Place ?
>
> CLITON
>
> Royale, et l'autre y loge aussi.

Ce réalisme de surface, clin d'œil à une société élégante attachée à ses repères et à ses codes, recouvre une autre caractéristique de la grande comédie en train de se construire, la vraisemblance.

Cette exigence ne se retrouve pas dans les comédies des dramaturges importants, contemporains de Corneille : les *Galanteries du duc d'Ossone* (1632) de Mairet reflètent, sans originalité particulière, l'influence de la comédie d'intrigue à l'italienne sur le mode gaillard. On n'y ressent pas cette « honnêteté » voulue pour tous ses héros par Corneille. Sans souci de réalisme, Jean de Rotrou, lui aussi, imite les Italiens et s'inspire de la comédie à l'espagnole : il demeure prisonnier d'actions romanesques, dont le passage à la scène souligne les invraisemblances et même les absurdités. Bien que ces œuvres aient contribué à la construction du genre, il leur manque l'éclat et le style propres au lyrisme et à la morale de Corneille.

4. *La fascination héroïque de la tragi-comédie*

Car la dramaturgie de Corneille se déploie dans l'unité d'un monde capable de créer des héros, certes déterminés par le registre tragique, tragi-comique ou comique de l'intrigue qui leur donne vie, mais toujours fidèles à la vision d'ensemble de leur créateur. Les spectateurs qui applaudirent successivement *L'Illusion comique* en 1636 et *Le Cid* en 1637 ont été fascinés par « la fougue, l'élan, la chaleur » de ses héros. L'intrigue comique devait beaucoup au modèle italien transcendé par la figure fameuse de Matamore tout en incluant, par le jeu baroque de la mise en abyme, dans une intrigue échevelée, les purs moments tragiques, les effets de surprise et d'émotion de la tragi-comédie. Avec le recul, Matamore apparaît à certains comme un double parodique du premier et du plus célèbre des héros tragiques, Rodrigue. Le discours héroïque de Matamore s'écarte de celui de Rodrigue par son insistance sur les effets, sa réduction à une parole qui convertit en pléonasme l'inanité de son action, mais, même quand le dramaturge joue sur la perméabilité des genres et des registres, il reste lui-même.

En réunissant dans un pur artifice, la figure du *lâche* et celle du *généreux*, les deux types dominants dans ses tragédies, Corneille ne cesse pas de célébrer l'héroïsme. Quelques années avant de revenir avec brio à la source espagnole sur son versant comique, il a su prendre à la tragi-comédie ce qu'elle a de meilleur, l'allant et le panache.

Conforté par la réputation de Corneille, célèbre par ses tragédies classiques comme par ses premières comédies, *Le Menteur* participe à la codification du genre de la « grande comédie ». L'unité d'action de ce type d'œuvre, loin d'exiger un schéma linéaire, suppose que l'on entraîne le spectateur vers ce qu'il attend — ici la peinture de mœurs galantes contenues dans les limites de la bienséance — sans se priver de recourir à une palette bariolée de registres, exprimée dans une langue élégante. Contre les excès de la tragi-comédie, la grande comédie, en cinq actes et en vers, s'impose des règles pour mieux « charmer » un public en le maintenant, tout au long de la représentation, dans la magie de l'illusion théâtrale. C'est le sens des règles de temps et de lieu qui assurent au spectacle sa vraisemblance externe, tandis que la construction de l'intrigue et les personnages doivent répondre à une vraisemblance interne, celle dont la préface de *La Veuve*, dès les débuts de Corneille, affirme la « nécessité ».

2.

La comédie à l'espagnole adaptée par Corneille

1. *Contre la rhétorique, une parole en action*

Le Menteur intègre à cette unité de vision propre à Corneille la dernière des modes destinées à conquérir le public : la comédie à l'espagnole. François Le Motel d'Ouville, auteur de *L'Esprit follet* (1642), qualificatif qui ne serait pas sans convenir au Menteur de Corneille, introduit cette forme en France autour de 1640. Il puise ainsi dans une source abondante, celle des dramaturges du Siècle d'or hispanique, Calderón de la Barca et Lope de Vega. Féru d'exotisme plus que les doctes qui avaient reproché à Corneille une fidélité excessive à la couleur castillane de son modèle pour *Le Cid*, Guillén (ou Guilhem) de Castro, le public apprécie le dépaysement de cadre et de décor de ces intrigues, plus simples que celles de la comédie italienne. La rivalité de deux galants autour d'une jeune femme courtisée, tandis qu'une autre est trahie, sur fond de duels et de morts, se fonde sur l'exacerbation des passions, dans un climat plus romanesque que comique. Scarron tirera le genre vers le burlesque et produira un grand nombre de ces œuvres dominées par des querelles d'amour et d'honneur qui ajoutent à la galerie de personnages convenus, dont le père outragé de la demoiselle, le *gracioso* ou valet couard. Tel est le cas de *Jodelet ou le maître valet*, créé en 1643, ou de *L'Escolier de Salamanque* (1655), œuvre dont la bigarrure de ton semble préfigurer, sans qu'on puisse l'affirmer, le mélange de genres et de tons propre au drame romantique. Les personnages sont stéréotypés et Corneille en reprendra tous les rôles. Mais, contrairement à la pastorale, le romanesque se déplace de l'intrigue vers les passions des personnages, l'action y gagne en vigueur et on échappe, sinon à la figure imposée du discours galant, du moins à la rhétorique pesante des comédies médiocres.

2. *Un discours de situation, des registres variés*

À l'exotisme de convention qui faisait le succès du genre en jouant sur le cadre espagnol et les noms, *Le Menteur* substitue une sorte d'exotisme de l'imaginaire. Puisque la dynamique de la pièce repose sur les mensonges successifs de Dorante et ses réactions face aux conséquences de ses fables, toute l'énergie du personnage qui n'est pas véritablement un *caractère* se concentre dans l'invention de sa vérité du moment, amplifiée par l'illusion théâtrale. Quand il se fabrique un passé guerrier, le héros transporte son lecteur, sur le mode satirique, à la Matamore, dans l'atmosphère hors scène des guerres d'Allemagne, devenues pour la circonstance un outil de séduction, avec force métaphores pour désigner la conquête amoureuse (I, 3). Le long récit de la promenade sur l'eau prétendument offerte à l'une des jeunes filles, sérénade comprise, évoque un passage obligé de la galanterie de l'époque sur le mode expressif et lyrique (I, 5). La parade verbale à un mariage que pourrait imposer le père sévère (figure typique du genre) entraîne le public dans la narration hallucinante et burlesque d'une escapade amoureuse, puis d'un mariage forcé. L'allure ludique de l'intrigue, la réactivité du personnage, victime d'un quiproquo, puis d'une supercherie féminine qui en fait un trompeur trompé, redonnent de l'éclat aux poncifs du langage galant en usage aussi bien dans la tragédie que dans la comédie de l'époque. Dans les genres stéréotypés comme la pastorale, les répliques des acteurs sont moins dictées par l'intrigue qu'ils sont censés vivre que par une tradition oratoire : on n'hésite pas à faire languir l'action pour permettre au héros de débiter les lieux communs à la mode, truffés de maximes adossées à la morale du temps. Chez Corneille, l'effet de cette rhétorique connue, toujours de bon ton, est amplifié par son adéquation à une intrigue en perpétuel mouvement. Le langage dominant est celui de l'émotion, plus spontané, plus familier. La vraisemblance des mœurs, le rebondissement des situations relèguent au second plan la peinture d'un improbable caractère, sans que l'on s'en inquiète.

Molière, selon une anecdote rapportée au XVIIIe siècle, aurait déclaré à Boileau sa dette à l'égard du *Menteur* dans le triple domaine de l'action, des caractères, de la morale. Le lien entre les aventures du *Menteur* et les nombreux récits romanesques qui jalonnent *L'École des femmes* pour tisser le lien entre les amoureux et déjouer la prudence du barbon jaloux apparaît alors assez nettement. Enfin, et non sans ambiguïté, la pièce fait reposer sur Géronte, version française des pères terribles de la comédie à l'espagnole, tout le pathétique traditionnellement dévolu à ce rôle. Corneille peut ainsi habilement contourner l'obstacle que représente, par rapport au code non écrit, la morale particulière de son héros.

3. *Dorante, incarnation séduisante de la duplicité baroque*

Dans l'épître qui accompagne, en 1645, *La Suite du Menteur*, Corneille reconnaît le problème moral posé par une mise en scène séduisante du mensonge : le vice du héros fournit d'ailleurs le prétexte d'une nouvelle querelle à l'issue de la représentation du *Menteur*. Il admet que sa pièce semble « violer une autre maxime qu'on veut tenir pour indubitable, touchant la récompense des bonnes actions et la punition des mauvaises », et concède : « Il est certain que les actions de Dorante ne sont pas bonnes moralement. » Pour justifier l'écriture d'une deuxième pièce, qui sera *La Suite du Menteur*, il s'empresse de garantir que son personnage « y apparaît beaucoup plus honnête homme ». C'est pourtant la première œuvre qui séduit, car les mensonges du personnage y sont intégrés à la morale héroïque de Corneille. Fabulateur, mystificateur, Dorante invente plus qu'il ne ment par une sorte d'excès de galanterie. De souche noble, le personnage, qui, dès la première réplique, se place du côté de l'« épée » et de la famille des généreux, ne ment pas par lâcheté ou pour dissimuler une faute précise mais dans une sorte d'« ivresse », a-t-on pu écrire, destinée à illuminer sa flamme amoureuse, à embellir, par des exploits guerriers ou des fêtes fastueuses, l'image du gentilhomme qu'il veut donner. Les premiers mensonges du héros n'ont pas d'origine précise et la fable du mariage forcé inventée par Dorante pour se soustraire à un autre mariage, estime Corneille, s'explique par un beau motif, l'amour. Si le valet Cliton souligne : « J'appelle rêveries, / Ce qu'en d'autres qu'un maître on nomme menteries » (I, 6), l'une des jeunes premières ressent, à la fin de l'œuvre, cette coexistence subtile de la réalité du mensonge avec la vérité du cœur : « On dirait qu'il dit vrai, tant son effronterie / Avec naïveté pousse une menterie » (III, 5).

On retrouve là, concentré dans le mouvement des répliques et le pouvoir exercé par le fabulateur sur son destinataire, le jeu sur la vérité et l'illusion propre à l'esthétique baroque. Là où *L'Illusion comique* utilisait le ressort de la mise en abyme, *Le Menteur* crée un mouvement perpétuel où vérité et mensonge se télescopent. Et, pour Corneille, l'art n'entre pas en conflit avec la morale puisque finalement, écrit-il, « Dorante obtient la main de celle qui lui a plu la première ». La seule condamnation sévère des mensonges de Dorante comme outrage à la morale féodale est mise dans la bouche du père, Géronte, dans un registre héroïque et sur le mode baroque de la parodie : la scène d'explication entre le père et le fils (V, 3) et le désespoir du vieil homme évoquent une scène célèbre du *Cid*. Naturelle plutôt que calculée, plus mondaine et galante que liée à une volonté de puissance manipulatrice, la thématique du mensonge répond aux exigences de la comédie sans insister sur le caractère.

Duplicité du personnage, dualité du genre, le texte peut toujours être lu à double sens. Pour plaire à plusieurs publics et répondre à des attentes multiples, le dramaturge ouvre son texte et son action à un vaste champ de lectures possibles que le voisinage de plusieurs registres, parfois opposés, encourage. La force rhétorique du verbe, les rebondissements de l'intrigue, la parodie de son propre univers qu'esquisse Corneille brouillent les pistes dans un éternel mouvement, comme un ultime hommage du dramaturge aux charmes du baroque.

De la naissance de la grande comédie à la comédie classique

1601 Monchrestien, *Bergeries.*
1611 Trois comédies de Larivey.
1623 Théophile de Viau, *Les Amours tragiques de Pyrame et de Thisbé.*
1623-1628 Alexandre Hardy, *Œuvres.*
1626 Jean Mairet, *Sylvie.*
1627 Honoré d'Urfé, *Sylvanire.*
1628 *Tyr et Sidon,* tragi-comédie.
1632 Jean Mairet, *Les Galanteries du duc d'Ossone.*
1645 Jean de Rotrou, *La Sœur.*
1659 Molière, *Les Précieuses ridicules.*
1662 Molière, *L'École des femmes.*
1664 Molière, *Le Misanthrope.*

Sur Corneille et la comédie au XVIIe siècle

Pierre VOLTZ, *La Comédie,* Paris, Armand Colin, 1964.

Théodore A. LITMAN, *Les Comédies de Corneille,* Paris, Nizet, 1981.

Gabriel CONESA, *Pierre Corneille et la naissance du genre comique,* Paris, SEDES, 1989.

« Littératures classiques », n° 27, 1996, *L'Esthétique de la comédie.*

L'écrivain à sa table de travail

Une adaptation en forme de chef-d'œuvre

LE CONTRÔLE INSTITUTIONNEL étroit de la part des doctes et du pouvoir politique et moral conduit Corneille, comme la plupart de ses contemporains, à accompagner chaque pièce publiée d'abondants « seuils » ou explications, en réponse aux exigences implicites de l'autorité en place. Dans son cas particulier, la postérité bénéficie de deux niveaux d'informations donnés par le dramaturge lui-même : le premier est contemporain de la publication. Dédiée soit à un grand, soit comme *Le Menteur* à un personnage dont on ne dévoile pas l'identité, chaque œuvre est précédée d'une *épître* dédicatoire et/ou d'un *avis au lecteur* en forme de déclaration d'intention à l'égard du public à conquérir. Ces commentaires donnent sur la genèse des pièces des renseignements très précieux. La deuxième source d'information porte sur toutes les œuvres antérieures à 1660. Alors au sommet de sa gloire, Corneille rédige, cette année-là, pour accompagner la publication de ses *Œuvres complètes*, un *examen* de chacune de ses pièces qui lui permet de porter sur elles un regard distancié. Il rédige également une synthèse de son art poétique, sous la forme de trois textes théoriques, les *Discours sur le poème dramatique.* Alors que la tragédie et ses règles suscitent une impressionnante floraison d'écrits, il est le seul à tenter, par opposition au genre noble, une définition de la comédie. L'analyse rétrospective de ses propres œuvres, confrontées à celles des contemporains, nous renseigne sur le travail de l'écrivain et le situe par rapport aux règles dans une sorte d'autojustification.

Présenté comme un brillant exercice, non sans fausse modestie, réalisé au cours du « même hiver » (1643) qu'une tragédie régulière, *Pompée, Le Menteur* est donné par son auteur comme une « copie » de sa source espagnole, une simple traduction. C'est évidemment bien plus que cela et le dramaturge présente comme une réponse à la demande de son public ce retour, l'avant-dernier, au « genre comique ». Il s'agit, dit-il, de ne pas manifester « d'ingratitude » à l'égard de ce qui assura ses premiers succès.

1.

La source espagnole à l'épreuve du public français

1. *Les rôles et l'intrigue de la* comedia

Imitation, à l'époque, ne signifie ni pillage ni plagiat. Bien au contraire, quand l'écrivain cite sa source, il se place, pour ainsi dire, sous le haut patronage d'un maître prestigieux, à l'instar des humanistes au XVIe siècle dans leur imitation créatrice des Anciens. Si la fidélité à l'esprit des textes sacrés commence à s'imposer, la mode espagnole, née dans l'entourage de la reine Anne d'Autriche, suppose à l'inverse que s'affirme l'originalité de l'esprit français au moment de traduire un modèle contemporain, mais chargé de tous les vices traditionnellement attribués à l'Espagnol, l'ennemi héréditaire du royaume : arrogance, « barbarie » du langage, par exemple. Pour avoir respecté dans *Le Cid* l'énergie dramatique du poème-source de Guillén de Castro (1569-1631), Corneille s'est vu accusé de plagiat : soixante vers avaient été jugés trop proches du modèle.

Annonçant prudemment sa source dans l'Épître dédicatoire, Corneille attribue la paternité de *La Verdad sospechosa* (*La Vérité suspecte*) au plus prolifique et au plus illustre des créateurs de la comédie espagnole, Lope de Vega, auteur d'un texte codificateur, *Arte nuevo de hacer comédies en son este tempo* (1609). Par une confusion explicable en raison des conditions de publication et d'impression de l'époque, la pièce, comme Corneille l'indiquera dans l'Examen de 1660, est due en réalité à un auteur moins célèbre, Alarcón (1580-1639), membre du groupe constitué autour du maître par Guillén de Castro, Mira de Amuesca, Vélez de Guevara et Tirso de Molina.

Du « guide » dont Corneille déclare avoir « copié » l'« admirable original », le dramaturge retient surtout le sujet : l'aventure d'un jeune homme de noble famille, Don Garcia, affligé du vice incorrigible de mentir sans cesse ; alors qu'il est prisonnier de ses mensonges, sa punition sera de ne pouvoir épouser la femme qu'il aime et de se marier avec celle qu'il n'aime pas. Moins délirant dans l'exhibition des passions que les pièces de Lope de Vega, le modèle espagnol d'Alarcón, plus ironique que comique, se caractérise par sa sobriété, son souci de vérité psychologique et son intention moralisatrice et satirique dans la peinture des mœurs et la condamnation de vices courants comme l'inconstance amoureuse.

Cet équilibre plaît à Corneille ; il en concentre la tension et le mouvement dramatiques, en travaillant d'abord sur le resserrement de l'intrigue. Il demeure ainsi fidèle à sa définition de la *mimèsis* théâtrale (*Discours de l'utilité et des parties du poème dramatique*, 1660) :

« La comédie et la tragédie se ressemblent encore en ce que l'action qu'elles choisissent pour imiter doit être d'une juste grandeur, c'est-à-dire qu'elle ne doit être ni si petite qu'elle échappe à la vue comme un atome, ni si vaste qu'elle confonde la mémoire de l'auditeur et égare son imagination. »

Il élague donc les épisodes secondaires, et feint de s'excuser par rapport « à notre usage », et à « nos règles » — il ne risque pourtant plus grand-chose — d'avoir, par quelques *a parte*, introduit une « duplicité d'action particulière » qui « ne rompt point l'unité de la principale, mais gêne un peu l'attention de l'auditeur » (Examen). Cette « duplicité d'action » renforce en fait la dynamique de la pièce. Les effets comiques appuyés par l'interprétation bouffonne de Jodelet, absents de la source espagnole, contrastent heureusement avec le lyrisme de l'invention verbale chez Dorante.

2. *Romanesque espagnol sur « La Place Royale » : de l'exercice de style à l'épure*

Après avoir « entièrement dépaysé les sujets pour les habiller à la française », Corneille veut éviter aussi de transporter le spectateur sur le grand « théâtre du monde », cher au baroque espagnol, incompatible avec l'usage français. Plus qu'une soumission aux règles, la réduction des six lieux d'Alarcón à deux sites emblématiques du Paris à la mode des années 1640 obéit à une conception ouverte de l'unité de lieu, celle d'une ville. Sans céder à l'exotisme, le parc des Tuileries remplace les Platerias, un quartier commerçant de Madrid. La Place Royale, qui a déjà donné son nom à une comédie de Corneille, se substitue à la promenade d'Atocha : les spectateurs français, d'origine plus élégante que le public mêlé des *corrales* espagnols, peuvent s'y retrouver.

Il garde le balcon, qui fait partie du *topos*, mais, prudemment aussi, se refuse à situer une scène dans le cloître du couvent, passage obligé du genre espagnol.

Réduite de quatre jours à trente-six heures, la durée de l'action renforce non seulement l'illusion théâtrale, mais le rebondissement de l'action.

2.

Les audaces du grand Corneille (1643) revues et corrigées par le Sophocle français (1660)

1. *Fidélité à une dramaturgie : l'Avis au lecteur de* La Veuve

Contemporain d'une tragédie romaine parfaitement régulière, *Le Menteur*, retour de pure fantaisie à l'Espagne, demeure conforme à une esthétique affirmée dix ans plus tôt. Dans l'Avis au lecteur de *La Veuve* (1634), qui préfigure les textes théoriques de 1660, Corneille présente la comédie comme « un portrait de nos actions et de nos discours » et précise que « la perfection des portraits consiste en la vraisemblance ». Il s'agit « de ne mettre dans la bouche de[s] acteurs que ce que diraient vraisemblablement en leur place ceux qu'ils représentent et de les faire discourir en honnêtes gens et non pas en Auteurs».

Et il affirme le caractère personnel de son théâtre en précisant : «Pour l'ordre de la pièce, je ne l'ai mis ni dans la sévérité de règles, ni dans la liberté qui n'est que trop ordinaire sur le théâtre français. [...] Pour l'unité de lieu et d'action, ce sont deux règles que j'observe inviolablement; mais j'interprète la dernière à ma mode.»

2. *La soumission artificielle à la règle*

Contre le formalisme des observateurs zélés d'Aristote, dans une unité d'inspiration et d'exécution toujours tournée vers la cohérence d'une signification et les attentes d'un public, la lecture cornélienne des règles se réalise dans *Le Menteur* avec une audace maîtrisée, revendiquée par le texte de 1660.

Justifiant son sujet, Corneille ironise sur l'obligation aristotélicienne de ne représenter que des mœurs «bonnes, convenables, semblables et égales» en déclarant (*Discours de l'utilité et des parties du poème dramatique*, 1660) :

«Je ne puis comprendre comment on a voulu entendre par ce mot de bonnes qu'il faut qu'elles soient vertueuses. La plupart des poèmes tant anciens que modernes, demeureraient en un pitoyable état, s'il l'on en retranchait tout ce qui s'y rencontre de personnages méchants ou vicieux ou tachés de quelque faiblesse qui s'accorde mal avec la vertu.»

L'indépendance de Corneille par rapport à la norme apparaît aussi dans le traitement qu'il applique à certaines situations de la comédie espagnole qu'il connaît bien pour les avoir déjà traitées. On a pu ainsi voir, dans l'élégance et le panache du Menteur au service de son vice, une sorte de caricature, décidée par l'auteur lui-même, des qualités similaires incarnées par Rodrigue. Encore dans toutes les mémoires en 1644, avant d'entrer dans la légende, deux des scènes les plus fameuses du *Cid*, le monologue de Don Diègue après son humiliation par le Comte et l'échange qui suit avec un Rodrigue invité à en découdre, trouvent un écho inversé dans *Le Menteur* (V, 2 et 3) : le monologue laisse entendre le désespoir du père noble découvrant la duplicité de son fils. Dans la scène suivante, la question de Géronte à son fils « Êtes-vous gentilhomme ? » évoque irrésistiblement le « Rodrigue, as-tu du cœur ? » du *Cid* et débouche sur une série de reproches qui renforcent les effets empruntés, non seulement à Alarcón dont le texte est suivi d'assez près, mais aux scènes attendues de la tragédie cornélienne, comme si le dramaturge, créant en même temps *Le Menteur* et *Pompée*, mettait en question son univers tragique, dans un clin d'œil à son public.

3. *Vraisemblance, nécessité, bienséance : le dénouement*

Incarnation d'un vice aussi prisé dans la vie sociale de l'époque, comme l'atteste la peinture, que condamné par l'Église, le personnage de Dorante contrevient par deux fois aux fameuses règles. Il n'est pas sévèrement « puni » de toutes les fables dont le spectateur, autant que les personnages, a été témoin, ce qui peut choquer le public. Par ailleurs, la vraisemblance du dénouement est contestable et peut apparaître comme une rupture de l'unité d'action.

Si la réécriture cornélienne conserve à l'action un

peu de la dimension satirique voulue par Alarcón, le dénouement diffère sensiblement de la source, et Corneille s'en explique par deux fois : « Dorante aime Clarice toute la pièce et épouse Lucrèce à la fin qui par là ne répond pas à la *protase*, c'est-à-dire à l'unité d'action. » Or le personnage d'Alarcón se voit contraint par son père, qui conserve toute son autorité, d'épouser « une Lucrèce qu'il n'aime point », solution moralement satisfaisante et psychologiquement crédible, tandis que le Dorante de Corneille, une fois le quiproquo initial levé sur l'identité de celle qu'il aime, se révèle rapidement amoureux de celle que son père lui destine. Il faut peu de temps pour que ses sentiments changent de destinataire mais ce mystificateur évolue dans l'univers de la comédie et celui de la séduction mondaine : il est amoureux de l'amour. Un siècle plus tard, Mozart utilisera les ressources de l'opéra bouffe pour défaire et refaire, dans l'espace d'une représentation, deux couples en vérité mal assortis, magiquement exposés en quelques duos au vertige d'un amour moins convenu. Ce sera *Così fan tutte*. En 1644, Corneille justifie son artifice par ce qu'il appelle la « nécessité » ; drôle et séduisant, Dorante doit aller au bout de son rôle et il ne peut être puni sévèrement sans que le ton de l'œuvre léger, agréable, en soit affecté. Comme toujours, le poète pense à son public (Examen du *Menteur*, 1660) :

« [...] j'ai trouvé cette manière de finir un peu dure, et cru qu'un mariage moins violenté serait plus au goût de notre auditoire. »

Il faut que le charme propre à ce divertissement royal que la pièce veut offrir et y réussit opère jusqu'à la fin, et là aussi Corneille justifie par un choix esthétique son écart volontaire. En rapprochant le Menteur de figures tragiques, il conclut (*Discours de l'utilité et des parties du poème dramatique*, 1660) :

« Il est hors de doute que c'est une habitude vicieuse que de mentir, mais il débite ses menteries avec une telle présence d'esprit et tant de vivacité que cette imperfection a bonne grâce en sa personne, et fait confesser aux spectateurs que le talent de mentir ainsi est un vice dont les sots ne sont point capables. »

Décidément, le Sophocle français qu'est devenu Corneille en 1660, maître incontesté de la tragédie politique, ne souffre pas de ce « classicisme aggravé » dont la postérité l'a un peu affublé : le succès du *Menteur* est celui d'un dramaturge fidèle à sa jeunesse sur la scène comme à sa table de travail.

Groupement de textes

Mensonge et inconstance, une vision baroque du monde, un rôle dramatique

DANS LE CONTEXTE social et culturel du XVIIe siècle, même s'il est condamné comme vice par la religion dominante, le mensonge revêt différentes formes dont certaines sont indispensables aux codes d'une société de cour. Au théâtre, dévoiler les mensonges d'un valet indélicat fait partie des ressorts traditionnels du comique. Dans l'univers personnel de Corneille, beaucoup plus raffiné, la figure du menteur s'inscrit dans une thématique poétique et doit beaucoup à l'esthétique baroque. Le thème de l'inconstance, profondément lié à celui du paraître et du mouvement, que les découvertes scientifiques présentent alors comme le moteur essentiel de l'univers, se manifeste dans la poésie baroque où il s'associe souvent aux motifs de la métamorphose et du dédoublement. Le thème devait connaître une belle fortune au théâtre, art de l'illusion et du faux-semblant. On ne peut donc s'étonner qu'après celui des Espagnols le théâtre de Corneille s'en soit emparé : portés à la scène, sous une forme galante, l'inconstance et son corollaire, le mensonge, deviennent des défauts supportables chez l'honnête homme : le mensonge peut se permettre de devenir un art. Dans la langue du XVIIe siècle, le verbe « mentir » est d'ailleurs presque synonyme de « feindre », dont l'origine latine, le verbe *fingere*, qui a donné aussi le substantif « fiction », signifie « façonner, représenter, imaginer, inventer ». L'art de mentir devient proche alors de celui du dramaturge, autorisé par l'illusion théâtrale à toutes les manipulations du réel. Dans la galerie des comédies de Corneille, les trois menteurs illustrent, chacun à leur manière, une vision positive du mensonge : Alidor ment à son entourage et le manipule pour rester maître de son libre arbitre, Matamore, véritable métaphore du théâtre, ment pour réaliser ses rêves, Dorante ment pour séduire les femmes et réussir facilement dans le monde. Il faut attendre le XVIIIe siècle et son regard critique sur les mœurs pour que Goldoni, revisitant Corneille dans un cadre réaliste et vénitien, souligne les pouvoirs destructeurs du mensonge et condamne le personnage.

1.

L'inconstance comme art de vivre et d'aimer

Vauquelin des YVETEAUX (1567-1649)

« L'amour de changer » (vers 1606)

(in *Poètes français de l'âge baroque. Anthologie, 1571-1677*, Imprimerie nationale Éditions, coll. « La Salamandre »)

Dans la forme comme dans les thèmes privilégiés par les créateurs, s'il existe un baroque en littérature, il est lié à l'affirmation de soi, au génie du mouvement, à un goût permanent pour l'illusion et la métamorphose. L'inconstance amoureuse et la duplicité deviennent le signe d'une frénésie de vivre, d'un art d'exister par le changement perpétuel et le consentement à ses propres contradictions. Fils de magistrat et poète apprécié de son temps, Vauquelin des Yveteaux, nommé par Henri IV précepteur du futur Louis XIII, ne resta pas longtemps à la Cour. Son épicurisme, son refus des contraintes liées à la tradition morale et religieuse le rapprochent des libertins de pensée, mais ses écarts ne visent pas la provocation. Loin des grands débats qui suivent les guerres de Religion, la recherche de la sagesse passe pour lui par une sorte de mise en scène esthétique de soi, particulièrement dans ce poème à la première personne. Très à l'aise dans la poésie mondaine et galante, ce contemporain de Malherbe utilise toutes les ressources du style au service de l'exaltation baroque d'une infidélité aux autres, devenue fidélité à soi-même. En se donnant une esthétique, il se fabrique une morale. La forme du sonnet avec ses parallélismes, ses antithèses et sa « pointe » qui évoque les métamorphoses de Dorante sur scène, donnent une image flatteuse de cet hédonisme lucide. Transformant un vice en art de vivre, le poète se rapproche de Dorante qui, par ses mensonges, se construit un rôle social et mondain, celui du gentilhomme qu'il aspire à être et qu'il se sent être dès qu'on passe de Poitiers à Paris.

> Avecques mon amour naît l'amour de changer.
> J'en aime une au matin ; l'autre au soir me possède.
> Premier qu'avoir le mal, je cherche le remède,
> N'attendant être pris pour me désengager.
>
> Sous un espoir trop long je ne puis m'affliger ;
> Quand une fait la brave, une autre lui succède ;

> Et n'aime plus longtemps la belle que la laide :
> Car dessous telles lois, je ne veux me ranger.
>
> Si j'ai moins de faveur, j'ai moins de frénésie ;
> Chassant la passion hors de ma fantaisie,
> À deux en même jour, je m'offre et dis adieu.
>
> Mettant en divers lieux l'heur de mes espérances,
> Je fais peu d'amitiés et bien des connaissances ;
> Et me trouvant partout je ne suis en nul lieu.
>
> (sonnet IX)

2.

Mensonge et manipulation au service d'un moi libéré

Pierre CORNEILLE (1606-1684)

La Place Royale ou l'Amoureux extravagant
(1634)
(La bibliothèque Gallimard n° 124)

Héros complexe et raffiné, Alidor n'est ni un mythomane comme Matamore ni un fabulateur comme le futur Menteur, mais un manipulateur. Contrairement aux mensonges de Dorante, sans origine précise, inscrits dans une stratégie de séduction ou aux rêves de Matamore, son inconstance et sa tromperie ont un motif précis : conserver sa liberté et jouir du bonheur d'être aimé sans s'asservir aux contraintes du mariage. Amant heureux d'Angélique, il ne souhaite pas l'épouser mais veut rester maître du jeu. Corneille lui fait dire (I, 4) :

> [...] et quand j'aime, je veux [...]
> Que de ma volonté dépendent tous mes vœux,

> Que mon feu m'obéisse au lieu de me contraindre,
> Que je puisse à mon gré l'enflammer et l'éteindre,
> Et toujours en état de disposer de moi,
> Donner quand il me plaît et retirer ma foi.

Après avoir envoyé une fausse lettre à Angélique pour la détacher de lui, le personnage monte un incroyable imbroglio sentimental : il s'agit d'orienter les sentiments de celle qu'il aime vers un de ses amis, choisi comme époux de substitution. Mentant à tous sur ses véritables sentiments pour ne pas céder un pouce de sa liberté, il promet le mariage à Angélique tout en préparant l'enlèvement de sa belle au bénéfice de son ami Cléandre. Cet éloge de l'inconstance et de la manipulation n'empêchera pas le personnage d'être pris à son propre piège : démasqué, il revient vers une Angélique éprouvée qui refuse sa main pour entrer au couvent. Alidor se console très vite à la fin de la pièce. Ce caractère « extravagant » dont Corneille feint, dans l'Examen de 1660, de regretter « une inégalité de mœurs qui est vicieuse », plus structuré que celui de Dorante, se révèle proche du libertinage de pensée. Corneille met dans sa bouche un grand nombre de monologues ainsi que des stances. Dans les vers suivants, Alidor se réjouit à tort d'avoir manipulé tout le monde et, en lui mentant, d'avoir enlevé Angélique à un amant choisi par dépit pour la ramener à lui puis la « donner » à son ami Cléandre.

> Enfin la nuit s'avance, et son voile propice
> Me va faciliter le succès que je t'attends
> Pour rendre heureux Cléandre, et mes désirs contents.
> Mon cœur las de porter un joug si tyrannique
> Ne sera plus qu'une heure esclave d'Angélique,
> Je vais faire un ami possesseur de mon bien ;
> Aussi dans son bonheur je rencontre le mien,

C'est moins pour l'obliger que pour me satisfaire,
Moins pour le lui donner qu'afin de m'en défaire.
Ce trait est un peu lâche, et sent sa trahison,
Mais cette lâcheté m'ouvrira ma prison,
Je veux bien à ce prix avoir l'âme traîtresse,
Et que ma liberté me coûte une maîtresse.
Que lui fais-je après tout qu'elle n'ait mérité
Pour avoir malgré moi fait ma captivité ?
Qu'on ne m'accuse point d'aucune ingratitude
Ce n'est que me venger d'un an de servitude,
Que rompre son dessein comme elle a fait le mien,
Qu'user de mon pouvoir comme elle a fait du sien,
Et ne lui pas laisser un si grand avantage
De suivre son humeur, et forcer mon courage.
Le forcer ! mais hélas ! que mon consentement
Par un si doux effort fut surpris aisément !
Quel excès de plaisir goûta mon imprudence
Avant que s'aviser de cette violence !
Examinant mon feu qu'est-ce que je ne perds !
Et qu'il m'est cher vendu de connaître mes fers
Je soupçonne déjà mon dessein d'injustice,
Et je doute s'il est ou raison, ou caprice,
Je crains un pire mal après ma guérison,
Et d'aller au supplice en rompant ma prison.
Alidor, tu consens qu'un autre la possède !
Peux-tu bien t'exposer à des maux sans remède,
À de vains repentirs, d'inutiles regrets,
De stériles remords, et des bourreaux secrets,
Cependant qu'un ami par tes lâches menées
Cueillera les faveurs qu'elle t'a destinées ?
Ne frustre point l'effet de son intention,
Et laisse libre cours à ton affection,
Fais ce beau coup pour toi, suis l'ardeur qui te presse.
Mais trahir ton ami ! Mais trahir ta maîtresse !
Jamais fut-il mortel si malheureux que toi ?
De tous les deux côtés il y va de ta foi.
À qui la tiendras-tu ? Mon esprit en déroute
Sur le plus fort des deux ne peut sortir de doute,
Je n'en veux obliger pas un à me haïr,

Et ne sais qui des deux ou servir ou trahir.
Mais que mon jugement s'enveloppe de nues !
Mes résolutions qu'êtes-vous devenues ?
Revenez mes desseins, et ne permettez pas
Qu'on triomphe de vous avec un peu d'appas.
Cléandre, elle est à toi, dedans cette querelle
Angélique le perd, nous sommes deux contre elle,
Ma liberté conspire avecque tes ardeurs,
Les miennes désormais vont tourner en froideurs,
Et lassé de souffrir un si rude servage
J'ai l'esprit assez fort pour combattre un visage
Ce coup n'est qu'un effet de générosité,
Et je ne suis honteux que d'en avoir douté.
Amour, que ton pouvoir tâche en vain de paraître !
Fuis, petit insolent, je veux être le maître,
Il ne sera pas dit qu'un homme tel que moi
En dépit qu'il en ait obéisse à ta loi.
Je ne me résoudrai jamais à l'hyménée
Que d'une volonté franche et déterminée,
Et celle qu'en ce cas je nommerai mon mieux
M'en sera redevable, et non pas à ses yeux,
Et ma flamme…

(acte IV, scène 1)

3.

Matamore, ou les délires du mensonge héroïque

Pierre CORNEILLE (1606-1684)

L'Illusion comique (1636)

(La bibliothèque Gallimard nº 45)

Emprunté à une figure traditionnelle de la comédie depuis Rome, le *miles gloriosus*, soldat fanfaron, figure familière de ce qu'on appelait un « capitan », qui se gar-

garise d'exploits imaginaires, Matamore introduit, dans la pièce la plus franchement baroque de Corneille, une forme particulière d'inconstance et de mensonge. Dans le jeu de miroirs créé par la mise en abyme, Matamore, s'exprimant exceptionnellement en vers, sort de la farce : mégalomane et mythomane, il rêve d'avoir accompli et d'accomplir encore les exploits guerriers que Rodrigue, son double tragique, va vivre et raconter dans *Le Cid*. Mais l'excès de ses propos, la multiplication numérique et la description hyperbolique de ses exploits, l'abus des métaphores et des allégories guerrières et galantes détournent vers le burlesque ces paroles héroïques qu'un spectateur non averti pourrait attribuer à un authentique héros de tragédie. Corneille semble en effet inscrire dans les alexandrins prononcés par Matamore le rythme et le ton du genre qu'il est en train de créer, la tragédie politique, tout en niant la vraisemblance de son faux héros par la charge et l'ancrage dans la situation. Le personnage souligne donc la parenté étroite entre comédie et tragédie dans l'univers cornélien. Amoureux de la jeune première Isabelle, se présentant comme un homme d'action au passé glorieux, à l'avenir chargé d'exploits en puissance, il est, comme le sera Dorante, un homme du paraître, qui n'existe que par son langage. Ses mensonges, totalement dépendants de la crédulité de ses interlocuteurs, dévoilent sa fragilité à exister sur la scène, à donner corps à son personnage.

À ce titre, il incarne, sans aller jusqu'à l'acte héroïque, la contiguïté baroque entre l'être et le paraître. Corneille, dans son examen de la pièce, précise que ce personnage n'a « d'être que dans l'imagination, inventé exprès pour faire rire et dont il ne se trouve point d'original parmi les hommes ». Dorante, au contraire, dont

« le corps parle haut », selon le mot célèbre d'un critique, entraîne autrui dans son jeu et le persuade d'autant plus facilement que ses affabulations séduisantes contribuent à structurer l'image du gentilhomme galant qu'il veut être, manquant de profondeur mais non de vraisemblance.

Dans la scène suivante, face au jeune Clindor qui, contraint par la pauvreté, est devenu son serviteur et feint opportunément de rentrer dans son jeu, Matamore donne libre cours à ses inventions guerrières et galantes.

> CLINDOR
>
> Quoi ! Monsieur, vous rêvez ! et cette âme hautaine
> Après tant de beaux faits semble être encore en peine !
> N'êtes-vous point lassé d'abattre des guerriers,
> Soupirez-vous après quelques nouveaux lauriers ?
>
> MATAMORE
>
> Il est vrai que je rêve, et ne saurais résoudre
> Lequel je dois des deux le premier mettre en poudre,
> Du grand Sophi de Perse, ou bien du grand Mogor.
>
> CLINDOR
>
> Eh ! de grâce, Monsieur, laissez-les vivre encor !
> Qu'ajouterait leur perte à votre renommée ?
> Et puis quand auriez-vous rassemblé votre armée ?
>
> MATAMORE
>
> Mon armée ! ah poltron ! ah traître ! pour leur mort
> Tu crois donc que ce bras ne soit pas assez fort !
> Le seul bruit de mon nom renverse les murailles,
> Défait les escadrons et gagne les batailles ;
> Mon courage invaincu contre les empereurs
> N'arme que la moitié de ses moindres fureurs ;
> D'un seul commandement que je fais au trois Parques,
> Je dépeuple l'État des plus heureux monarques ;
> Le foudre est mon canon, les destins mes soldats ;

Je couche d'un revers mille ennemis à bas;
D'un souffle je réduis leurs projets en fumée,
Et tu m'oses parler cependant d'une armée!
Tu n'auras plus l'honneur de voir un second Mars:
Je vais t'assassiner d'un seul de mes regards,
Veillaque. Toutefois, je songe à ma maîtresse;
Le penser m'adoucit; va, ma colère cesse,
Et ce petit archer qui dompte tous les Dieux
Vient de chasser la mort qui logeait dans mes yeux.
Regarde, j'ai quitté cette effroyable mine
Qui massacre, détruit, brise, brûle, extermine,
Et, pensant au bel œil qui tient ma liberté,
Je ne suis plus qu'amour, que grâce, que beauté.

CLINDOR

Ô Dieux! en un moment que tout vous est possible!
Je vous vois aussi beau que vous êtes terrible,
Et ne crois point d'objet si ferme en sa rigueur
Qui puisse constamment vous refuser son cœur.

MATAMORE

Je te le dis encor, ne sois plus en alarme :
Quand je veux j'épouvante, et quand je veux je charme,
Et, selon qu'il me plaît, je remplis tour à tour
Les hommes de terreur, et les femmes d'amour.
Du temps que ma beauté m'était inséparable,
Leurs persécutions me rendaient misérable :
Je ne pouvais sortir sans les faire pâmer;
Mille mouraient par jour à force de m'aimer;
J'avais des rendez-vous de toutes les princesses;
Les reines à l'envi mendiaient mes caresses;
Celle d'Éthiopie, et celle du Japon
Dans leurs soupirs d'amour ne mêlaient que mon nom;
De passion pour moi deux sultanes troublèrent,
Deux autres pour me voir du sérail s'échappèrent,
J'en fus mal quelque temps avec le Grand Seigneur!

CLINDOR

Son mécontentement n'allait qu'à votre honneur.

MATAMORE

Ces pratiques nuisaient à mes desseins de guerre,
Et pouvaient m'empêcher de conquérir la terre.
D'ailleurs, j'en devins las, et, pour les arrêter,
J'envoyai le Destin dire à son Jupiter
Qu'il trouvât un moyen qui fît cesser les flammes
Et l'importunité dont m'accablaient les dames;
Qu'autrement, ma colère irait dedans les cieux
Le dégrader soudain de l'empire des dieux,
Et donnerait à Mars à gouverner son foudre.
La frayeur qu'il en eut le fit bientôt résoudre :
Ce que je demandais fut prêt en un moment,
Et depuis je suis beau quand je veux seulement.

(acte II, scène 2)

4.

De la comédie d'intrigue à la comédie de mœurs, le menteur démasqué et puni

Carlo GOLDONI (1707-1793)

Le Menteur (1750)

(trad. de Michel Arnaud, in *Théâtre*, Gallimard, Pléiade)

Un siècle après Corneille qu'il admire et dont il revendique l'autorité, sans se référer directement, semble-t-il, à la première source espagnole, le dramaturge italien Goldoni adapte à son tour, pour le public italien, la pièce de Corneille. Il l'a vu représentée en 1748, dans une mauvaise traduction. À l'instar de Corneille dépaysant l'Espagne pour la mettre au goût français, Goldoni, qui est en train d'imposer à son pays, contre les improvisations usées de la *commedia dell'arte*, un théâtre de texte, transforme le modèle dans le style italien. S'il garde le sujet, il suit Corneille d'assez loin et vise deux buts qu'il précise dans la Préface à une édition de son théâtre et dans ses *Mémoires*. Il veut d'abord renforcer les effets comiques de l'intrigue et lui donner « un dénouement inattendu mais bien engendré par la conduite de la comédie ». Il faut donc « place[r] le menteur devant des épreuves difficiles à surmonter pour mieux l'engluer dans ses mensonges ». Il sera ainsi plus facile de le confondre spectaculairement sur scène. Goldoni connaît aussi les attentes des Italiens : « ils veulent que la morale soit mêlée aux saillies et aux facéties ». Entre Corneille et Goldoni, Molière est passé qui a donné à la grande comédie, devenue un lieu de débat moral, des caractères fortement typés. Il faut donc que le vice soit vigoureusement puni. Là où Corneille visait la « nécessité » d'un dénouement conforme au charme du personnage, l'autorité paternelle étant réduite à une figuration parodique, Goldoni renforce le rôle du père Pantalon. Comme l'atteste la scène ci-dessous, ce personnage réaliste, devenu un marchand vénitien honorable et scrupuleux, vérifie les inventions de son fils Lélio, le menteur. Au cours de la même scène, on passe d'un dialogue très vif et comique à une tirade morale dans un registre élevé qui résonne comme une condamnation définitive du menteur.

> PANTALON : Dis-moi un peu. Sais-tu qui est cette Mme Rosaura à laquelle tu as parlé et qui t'a reçu chez elle ?
> LÉLIO : C'est la fille du docteur Balanzoni.
> PANTALON : Très bien, et c'est aussi celle que ce matin je t'avais proposé de te donner pour femme.
> LÉLIO : Elle ?

PANTALON : Oui, elle.
LÉLIO : Vous m'aviez parlé de la fille d'un Bolonais.
PANTALON : Eh bien, le docteur Balanzoni est bolonais.
LÉLIO, *à part* : Oh, diable ! qu'ai-je fait ?
PANTALON : Qu'en dis-tu ? Si tu étais libre, l'aurais-tu épousée volontiers ?
LÉLIO : Plus que volontiers et de grand cœur. Oh, monsieur mon père, ne renoncez pas à l'avoir pour bru, ne vous dégagez pas de votre accord, apaisez le Docteur et réclamons-lui la main de sa fille ? Sans elle je ne puis vivre.
PANTALON : Mais puisque tu es marié.
LÉLIO : Il se peut que ma femme soit morte.
PANTALON : Ce sont là des espoirs de fou. Aie enfin un peu de bon sens et occupe-toi de tes affaires. Laisse les filles tranquilles. Il n'est plus question de Mme Rosaura, et pour donner satisfaction au Docteur, je vais te renvoyer à Naples.
LÉLIO : Non, pour l'amour du ciel.
PANTALON : Tu ne pars pas volontiers revoir ta femme ?
LÉLIO : Ah, vous voulez me voir mourir !
PANTALON : Pourquoi ?
LÉLIO : Si vous me privez de Mme Rosaura, je mourrai.
PANTALON : Mais combien de femmes voudrais-tu avoir ? Sept, comme les Turcs ?
LÉLIO : Une seule me suffit.
PANTALON : Eh bien, tu as Mme Briséis.
LÉLIO : Hélas... Briséis...
PANTALON : Qu'y a-t-il ?
LÉLIO, *s'agenouillant* : Monsieur mon père, me voici à vos pieds.
PANTALON : Quoi, que veux-tu dire ?
LÉLIO : Je vous demande mille fois pardon.
PANTALON : Allons, allons, ne me tiens pas sur des charbons ardents.
LÉLIO : Briséis est une fable, et je ne suis pas marié.
PANTALON : Bravo, monsieur, bravo ! C'est ce genre de craques que vous débitez à votre père ? Relevez-vous,

monsieur l'imposteur, monsieur le menteur : est-ce là ce qu'on vous enseigne à Naples ? Vous revenez à Venise et aussitôt arrivé, avant même de voir votre père, vous vous liez avec des personnes dont vous ne savez pas qui elles peuvent être. Vous faites accroire que vous êtes napolitain, que vous êtes don Asdrubal Del Castel d'Oro, riche à millions, le neveu de princes et guère moins que le frère d'un roi ; vous inventez mille saletés au préjudice de deux filles honnêtes et bien élevées. Vous êtes même allé jusqu'à tromper votre pauvre père. Vous lui faites croire que vous vous êtes marié à Naples : vous inventez Mme Briséis, don Polycarpe, la montre à répétition, le pistolet, et vous permettez qu'il verse des larmes de joie à propos d'une bru imaginaire et d'un petit-fils de votre invention, et vous me laissez écrire une lettre à votre beau-père, qui serait restée éternellement en souffrance à la poste de Naples. Comment diable faites-vous pour imaginer ces choses ? Où diable trouvez-vous la matière de ces maudites inventions ? Ce n'est pas la naissance qui distingue l'honnête homme, mais ce sont ses actes. Le crédit d'un marchand consiste à dire toujours la vérité. La confiance que nous inspirons est notre plus grand capital. Si tu n'as pas la confiance d'autrui, si tu n'as pas bonne réputation, tu seras toujours un homme suspect, un mauvais marchand, indigne de cette ville, indigne de ma maison et de porter l'honorable nom de Bisognosi.
LÉLIO : Ah, monsieur mon père, vous me faites rougir. L'amour que j'ai conçu pour Mme Rosaura, alors que j'ignorais que c'était elle que vous m'aviez destinée pour épouse, m'a fait me jeter dans tous ces mensonges, malgré la délicatesse de mon honneur et malgré mon habituelle sincérité.
PANTALON : S'il était sûr que tu te repens, cela ne serait rien. Mais j'ai peur que tu ne sois menteur par nature et que tu fasses pis encore dans l'avenir.

(acte III, scène 5)

Chronologie

Pierre Corneille et son temps

1.

Un robin au théâtre : du renouveau de la comédie à la conquête d'un public (1629-1635)

Bourgeoises et provinciales, les origines de Corneille, que certains de ses ennemis ont pu railler, expliquent sans doute plusieurs aspects majeurs de sa carrière : la discrétion de l'homme non dépourvue d'orgueil, une excellente éducation adossée à l'aisance matérielle, une capacité de travail et de production exceptionnelle, une facilité d'adaptation à son temps caractéristique de cette classe sociale en plein essor qui attend patiemment sa reconnaissance. Il n'est pas indifférent à sa carrière qu'il soit né le 6 juin 1606 à Rouen, ville où s'éditent alors la plupart des œuvres de théâtre, dans une famille de « robins », c'est-à-dire de bourgeois attachés au service de la justice par la charge qu'ils ont achetée. Fils et petit-fils de magistrats qui s'enrichissent pendant son enfance, il bénéficie de la formation des jésuites dans le collège important de sa ville natale entre 1615 et 1622. Primé en rhétorique et vers latins, il s'initie à la tragédie — souvent écrite par les pères — dans un milieu où le théâtre est un divertissement privilégié. Avocat à dix-huit ans (1624), il est, en 1628, titulaire d'une double charge que lui a achetée son père. Si l'*Excuse à Ariste* (1637) accrédite l'hypothèse d'une entrée dans la carrière théâtrale provoquée par une aventure puis une déception amoureuse, ce choix n'apparaît pas comme une rupture avec son activité principale. Corneille va s'imposer à la scène en sept ans, ce qui est bref, mais il conserve sa charge d'avocat jusqu'en 1648. Alors que Molière connaîtra de longues années d'apprentissage, le succès immédiat des cinq pièces, révélatrices du talent de Corneille jusqu'en 1636, tient à l'audace du jeune auteur et à celle du chef de troupe Montdory. Dans la salle du jeu de paume puis au théâtre du Marais, les deux hommes attirent un public plus exigeant que celui de la farce. Corneille s'approprie la pastorale avec sa première œuvre, *Mélite* (représentée en 1629, imprimée en 1633), invente une comédie de l'honnête homme parisien avec *La Veuve* (1631), *La Galerie du Palais* (1633), *La Suivante* (1634) et *La Place Royale* (1634), tout en cédant aux tentations du baroque et de la tragi-comédie exubérante dans *Clitandre* (1630-1631) puis *Médée* (1635). Loué par Scudéry dès sa première pièce, mais peu sensible aux prescriptions des doctes, Corneille a déjà affirmé une indépendance et une attention aux souhaits du public qui ne se démentiront jamais. Récompense de son audace, il fait partie avec Rotrou, Boisrobert, L'Estoile et Colletet, des cinq auteurs retenus par Richelieu, en 1635, pour écrire ensemble *La Comédie des Tuileries,* qui marque le début d'une politique d'encadrement de la création artistique et du théâtre en particulier. C'est le début de la gloire, dans une période où l'apogée de l'influence baroque inspire au jeune dramaturge une éclatante et bizarre déclaration d'amour au théâtre, l'« étrange monstre » de *L'Illusion comique* (1636).

1562	Naissance de Lope de Vega.
1605	Construction de la place Royale, aujourd'hui place des Vosges.
1607	Monteverdi, *Orfeo.*
1610	Mort d'Henri IV.
1615	Mariage de Louis XIII avec Anne d'Autriche.
1622	Naissance de Molière.
1623	Théophile de Viau, *Pyrame et Thisbé.*
1624	Règne effectif de Louis XIII et ministère de Richelieu.
1626	Le Bernin décore le baldaquin de Saint-Pierre de Rome.
1631	Calderón, *La vie est un songe.*
1635	Fondation de l'Académie française.

2.

Les triomphes du grand Corneille et la reconnaissance de Richelieu (1637-1652)

Comme souvent dans la vie littéraire parisienne qui se construit alors, consécration et contestation vont de pair : la représentation du *Cid* en janvier 1637 donne une voix et un corps tragiques au héros cornélien déjà préfiguré dans les œuvres précédentes. Le triomphe public de la pièce ouvre aussi la fameuse « Querelle » qui alimentera la chronique tout au long de l'année : sûr de son talent, Corneille a méconnu ou ignoré l'influence des doctes et le relais qu'ils assurent par rapport au pouvoir. Probablement irrité par l'audace d'un dramaturge qui ne leur a pas soumis sa copie à l'avance, ce parti s'exprime par la plume de Georges de Scudéry, admirateur devenu rival. Ses *Observations sur « Le Cid »* détaillent les manquements de la pièce aux règles aristotéliciennes. Divers pamphlets publiés par Mairet accusent Corneille d'avoir pillé l'œuvre de son modèle, Guillén de Castro. Tandis que Guez de Balzac soutient *Le Cid*, Corneille répond à ses détracteurs par l'orgueilleuse *Excuse à Ariste* et réfute dans une brillante *Lettre apologétique* les arguments de Scudéry. C'est Richelieu lui-même qui ordonne en octobre, dans le rôle d'arbitre qu'il s'est arrogé, que l'on cesse d'attaquer la pièce. Les *Sentiments de l'Académie sur « Le Cid »*, rédigés par Chapelain, membre influent de l'institution, prennent acte du succès public en admettant les beautés de l'œuvre, mais maintiennent la critique des « irrégularités ». Cette même année 1637, les lettres de noblesse accordées à son père par le roi attestent indirectement l'ascension de Corneille et l'aboutissement de son talent dramatique.

Les trois grandes tragédies qui suivent *Le Cid* confirment la virtuosité du dramaturge en intégrant l'observation scrupuleuse des règles à un univers personnel : à la figure du héros cornélien dans sa relation avec l'État qui habite les deux œuvres « romaines » (*Horace* en 1640 et *Cinna* en 1643) répond l'héroïsme encore plus personnel de *Polyeucte* (1643), tragédie chrétienne du dépassement de soi où frémissent les émois et les doutes de l'amour incertain, perdu et retrouvé. Celui qui est devenu le grand Corneille, marié dans son milieu en 1641 après la mort de son père en 1639 et dont un héritage lui assure l'indépendance financière, peut se permettre de ne pas écrire sur la mort de Richelieu, disparu le 4 décembre 1642. En produisant en même temps une belle tragédie romaine, *La Mort de Pompée* (1644), deux comédies à l'espagnole, *Le Menteur* (1644) et *La Suite du Menteur* (1645), puis *Rodogune* (1645), marquée par la figure d'une mère meurtrière et l'introduction des « monstres » à côté des « lâches » et des « généreux » dans la galerie des personnages, Corneille réaffirme la diversité de son talent. En 1645, le jeune Louis XIV, âgé de sept ans, lui demande un texte pour accompagner des dessins. Mais la tradition scolaire a tendance, pour beaucoup, à interrompre à ce moment-là la carrière de Corneille, exception faite d'une nouvelle tragédie romaine, *Nicomède* (1650).

Pourtant, de la pièce à machines, *Andromède* (1650), à un *Pertharite* (1652) qui fut sans doute moins un échec que le signe d'une moindre attention du public envers une œuvre maîtrisée, l'inspiration du poète est loin d'être tarie. Certes, la veine comique est épuisée, tandis que Scarron triomphe dans ce genre, mais la tragédie cornélienne demeure bien vivante.

1639	Naissance de Racine.
1640	Georges de La Tour, *Le Tricheur à l'as de carreau.*
1642	Mort de Richelieu. Gassendi, *Recherches métaphysiques.*
1643	Mort de Louis XIII. Régence d'Anne d'Autriche.
1647	Claude de Vaugelas, *Remarques sur la langue française.* Pascal, *Expériences touchant le vide.*
1648	Fronde parlementaire.
1649	Descartes, *Traité des passions de l'âme.*
1650	Début de la fronde des Princes.

3.

De la retraite à la consécration d'une œuvre publiée : le Sophocle français (1652-1663)

Les années de « silence » à la scène de Corneille communément attribuées à l'échec de *Pertharite* s'expliqueraient plutôt par un privilège acquis à l'auteur par son unique talent. Fort de ses succès, père de quatre enfants, le Rouennais qui aura très peu plaidé — il se disait lui-même piètre orateur — a vendu sa charge en 1650 et jouit d'une situation unique qui lui permet de vivre de ses rentes et de sa plume : depuis plusieurs années, il essaie de protéger la publication de ses œuvres, que le privilège royal accordé alors au libraire ne garantissait pas. Au cours de ces six années de silence, entre 1652 et 1658, se prépare l'édition des *Œuvres complètes,* accompagnée des *Examens* des pièces et des trois *Discours sur le poème dramatique.* L'ensemble est publié en 1660. Tandis que la jeune troupe de Molière joue *Nicomède* devant le roi en 1657, Corneille adapte une nouvelle fois sa plume au goût du temps et *Œdipe* connaît, en 1659, un énorme succès. Corneille a humanisé ce sujet canonique de la tragédie en lui donnant une aura poétique. Tous les registres favoris du poète, du romanesque au galant, de l'élégiaque au pathétique et à l'épique, se retrouvent dans les tragédies écrites entre 1659 et 1663. Mais, politiques et romaines comme *Sertorius* (1662), histoire d'un général républicain, héros du passé, ou *Sophonisbe* (1663), figure de l'héroïsme inutile, malgré le faste des pièces à machines comme *La Toison d'or* (1661), les œuvres de cette période coïncident avec le pessimisme de l'époque, qui voit une conception machiavélienne de la politique participer à la « démolition du héros », condamné à « affronter l'État ». Il n'est plus temps d'exalter l'héroïsme : sur les ruines de la Fronde, Louis XIV éteint toute ambition chez les Grands. Le débat, plus feutré dans la tragédie racinienne, s'embourgeoise et se déplace vers l'étude des mœurs et les questions religieuses dans les grandes comédies de Molière et chez les moralistes.

1652 Fin des combats de la Fronde. *Théâtre complet* de Lope de Vega.
1652 Scarron, *Virgile travesti.*
1656-1657 Pascal, *Provinciales.*
1659 Arnauld, chef du mouvement janséniste, est exclu de la Sorbonne.
1659-1660 Paix des Pyrénées avec l'Espagne et mariage de Louis XIV avec l'infante Marie-Thérèse.
1660 Pascal, *Trois discours sur la condition des Grands.*
1661 Molière et sa troupe s'installent au Palais-Royal. Mort de Mazarin, arrestation de Fouquet.
1662 Bossuet, *Sermon sur la mort.*

4.

Entre ombre et lumière, l'absolu de la tragédie politique et le chant du cygne (1663-1674)

En 1663, Corneille, définitivement installé à Paris, figure pour deux mille livres sur la liste des artistes bénéficiaires des « gratifications royales », malgré la complexité de ses relations avec Chapelain, chargé par Colbert de désigner les élus. En 1675, son nom disparaît subitement de cette même liste. Si l'inspiration dramatique de Corneille demeure historique et politique, le succès devient moindre. Les intrigues compliquées, empruntées à des sources historiques moins connues, mettent en scène des complots et des conflits de cour. Rien de commun entre la figure souveraine d'Auguste dans *Cinna* et le personnage d'*Othon* (1664). Le « grand intérêt d'État », fondateur, en association avec un conflit amoureux, de la tragédie, déserte son théâtre. On ne le trouve ni dans *Agésilas* (1666) ni dans la vision baroque du monstre *Attila* (1667). La rivalité d'auteurs, très parisienne, qui oppose le Sophocle français à Racine dans la représentation d'un même sujet, l'histoire de Titus et Bérénice, tourne à l'avantage de Racine, très à l'aise dans un sujet dépouillé, réduit à trois lignes de Suétone. Le lyrisme cornélien de l'*innamoramento* (« les premiers émois amoureux ») se retrouve pourtant dans le texte qu'il versifie pour le compte de Molière, chargé par le roi de la comédie-ballet, *Psyché,* avant d'habiter un chant du cygne longtemps méconnu puis redécouvert, *Suréna* (1674). Absolument pessimiste, l'œuvre s'achève par la mort du héros, général trop loyal, tué d'une flèche dans le dos, sur l'ordre d'un souverain médiocre. Dans ce huis clos quasi racinien, sans concession au spectaculaire, le héros, conscient de l'ombre que sa gloire fait porter sur la figure machiavélienne et dégradée de l'État, envisage lucidement sa fin dans un duo élégiaque avec l'héroïne sacrifiée avec lui. Refusant une alliance princière qui trahirait ses convictions comme son amour, tout en lui assurant une postérité glorieuse, il déclare :

> Et le moindre moment d'un bonheur souhaité
> Vaut mieux qu'une si vaine et froide éternité.

Présent sur la scène pendant cinquante ans, Corneille écrit ce distique à soixante-neuf ans, dix ans avant sa mort, en 1684. La jeunesse du vieux dramaturge éclate dans cet éloge de l'instant présent, sans doute pour lui celui de vivre et de créer.

1664	La Rochefoucauld, *Maximes.*
1665	Molière, *Dom Juan.*
1667	Racine, *Andromaque.*
1670	Racine, *Bérénice.* Pascal, première publication des *Pensées.*
1673	Mort de Molière à l'issue d'une représentation du *Malade imaginaire.*
1674	Boileau, *Art poétique.* Racine, *Iphigénie.*
1678	Madame de Lafayette, *La Princesse de Clèves.*
1694	Dictionnaire de l'Académie française.

Éléments pour une fiche de lecture

Regarder le tableau

- Au cours de sa lecture du tableau, Alain Jaubert dit que Vermeer peint ici une lumière du soir. Comment faudrait-il s'y prendre pour composer une lumière du matin ? Pensez notamment en termes de variations de couleur.
- Regardez le rideau jaune à droite de la pièce. Vous semble-t-il naturel d'avoir un tel rideau à cette place ? À quoi est-il accroché, puisqu'il n'est pas près de la fenêtre ? À quoi peut-il servir en temps normal et quelle fonction remplit-il dans le tableau ?
- Vermeer a peint plusieurs tableaux mettant en scène des femmes lisant une lettre. Recherchez des reproductions de ces autres œuvres et comparez-les. Que pouvez-vous en conclure ?

Le mouvement de l'intrigue

- Relevez, acte par acte, les passages au cours desquels Cliton et les autres personnages apprennent que Dorante est un menteur. Quel est l'effet produit sur le rythme de la pièce ?

- Situez dans l'action les récits successifs de Dorante. Dégagez l'origine et l'utilité dramatique de ses différents mensonges. À quel moment le lecteur est-il informé du quiproquo dont le personnage est victime ? Quelle attente supplémentaire cette information crée-t-elle chez le spectateur ?
- Relevez et situez dans l'ensemble de la pièce les différents portraits de personnages. Quelle est la réaction attendue chez le spectateur ? Quel effet spécifiquement baroque la confrontation entre la représentation hors scène d'un personnage et la vision du même en scène provoque-t-elle ?
- Dans le modèle espagnol, le père noble, Don Beltran, dont le rôle est plus développé, apparaît, avant son fils, dès la scène d'exposition. Établissez le tableau des entrées de Géronte et de Dorante. Qu'apportent à l'intrigue les modifications introduites par Corneille ?
- Quelle est la fonction de Cliton dans le déroulement de l'intrigue ?

Vraisemblance, réalisme et caractérisation des personnages

- Relevez, dans la scène d'exposition, les éléments par lesquels Dorante se décrit. Quelle image, quel rôle dramatique se donne-t-il à lui-même ? De quel registre relève cette caractérisation ? À quel moment la situation modifie-t-elle l'effet premier de cet autoportrait ?
- Quelle est la fonction du personnage d'Alcippe ?
- Comment se combinent, dans les répliques et les récits de Dorante, l'ancrage de son discours dans la réalité du temps et la rêverie ?

- Relevez et analysez dans les propos et les attentes des jeunes filles les traces d'un phénomène social et culturel important dans la première partie du XVIIe siècle. Quels en sont les enjeux esthétiques ?

Comique et poésie de l'imaginaire baroque

- « La façon de donner vaut mieux que ce qu'on donne » : cette réplique célèbre, appelée à devenir une maxime, est mise par Corneille, comme une justification de ses fables, dans la bouche de Dorante qui affirme ailleurs (IV, 3) : « J'ai dix langues, Cliton, à mon commandement. » Relevez dans la pièce des exemples, en situation, de cette variété du mensonge poétique.
- En étudiant notamment la scène I, 6, analysez les effets produits par la relation entre Dorante et Cliton. En quoi renforce-t-elle l'ambiguïté de la pièce sur le plan esthétique et moral ? De qui, selon vous, le valet est-il le porte-parole ?
- Peut-on voir dans la pièce une apologie du mensonge de séduction galante ?
- Comment la répartition des rôles favorise-t-elle la coexistence d'un discours élégant et de la « prose rimée » que Corneille souhaite offrir à son public ?

Intertextualité : *Le Menteur* dans l'œuvre de Corneille et dans la comédie de son temps.

- Comparez Dorante et Rodrigue, Géronte et Don Diègue. Quels traits héroïques de l'univers cornélien retrouve-t-on ? Sous quelle forme ?
- Quels points communs relevez-vous chez Dorante,

Alidor (voir « Groupement de textes ») et le Dom Juan de Molière, créé en 1665 ?

- Dorante est-il selon vous un libertin ou une forme mondaine de l'honnête homme ?

DANS LA MÊME COLLECTION

Collège

Lycée

La poésie baroque (anthologie) (14)
Le sonnet (anthologie) (46)
Honoré de BALZAC, *La Peau de chagrin* (11)
Charles BAUDELAIRE, *Les Fleurs du mal* (17)
Albert CAMUS, *L'Étranger* (40)
Albert COHEN, *Le Livre de ma mère* (45)
Pierre CORNEILLE, *Le Menteur* (57)
Marguerite DURAS, *Un barrage contre le Pacifique* (51)
Gustave FLAUBERT, *Madame Bovary* (33)
Sébastien JAPRISOT, *Un long dimanche de fiançailles* (27)
Charles JULIET, *Lambeaux* (48)
Pierre Choderlos de LACLOS, *Les Liaisons dangereuses* (5)
Jean de LA BRUYÈRE, *Les Caractères* (24)
Madame de LAFAYETTE, *La Princesse de Clèves* (39)
MARIVAUX, *L'Île des esclaves* (19)
Guy de MAUPASSANT, *Le Horla* (1)
Guy de MAUPASSANT, *Pierre et Jean* (43)
MOLIÈRE, *L'École des femmes* (25)
MOLIÈRE, *Le Tartuffe* (35)
MONTESQUIEU, *Lettres persanes* (56)
Alfred de MUSSET, *Lorenzaccio* (8)
OVIDE, *Les Métamorphoses* (55)
François RABELAIS, *Gargantua* (21)
Jean RACINE, *Andromaque* (10)
Jean RACINE, *Britannicus* (23)
Nathalie SARRAUTE, *Enfance* (28)

DANS LA MÊME COLLECTION

William SHAKESPEARE, *Hamlet* (54)
Vincent VAN GOGH, *Lettres à Théo* (52)
VOLTAIRE, *Candide* (7)
VOLTAIRE, *L'Ingénu* (31)
Émile ZOLA, *Thérèse Raquin* (16)

NOTES

NOTES

NOTES

NOTES

NOTES

NOTES

NOTES

NOTES

Composition Interligne
Impression Novoprint
à Barcelone, le 05 janvier 2006
Dépôt légal: janvier 2006

ISBN 2-07-032042-1./ Imprimé en Espagne

139914